間諜教室 05

「愚人」愛爾娜

Kadokawa
Fantastic Novels

冰刃
code name

少女休息中

間諜教室

SPY ROOM

「愚人」愛爾娜

05

竹町

illustration

トマリ

Kadokawa Fantastic Novels

彩頁、內文插畫／トマリ
槍械設定協助／アサウラ

SPY ROOM
the room is a specialized institution of mission impossible
code name gujin

CONTENTS

序章　龍沖

the room is a specialized institution of mission impossible
code name gujin

——龍沖。

那是位於「極東」之地的小國。

和穆札亞合眾國、萊拉特王國等西央諸國相比，「極東」是一片發展遲緩的未開化土地。即使是中世紀時代在「極東」極為繁華的龍華民國，也對近代化的西央諸國的軍隊束手無策，因此「極東」除了部分地區外，如今大半都受到西央諸國的掌控。

與龍華民國毗鄰的龍沖，也是受到侵略的國家之一。

現在是芬德聯邦的殖民地。

芬德聯邦為了將龍沖作為進一步支配極東的據點，將大筆金錢和技術送進小小的半島，一口氣讓都市近代化。甚至設立大學和銀行，利用導入西央式哲學的教育機構對國民灌輸資本主義。

結果，龍沖成了西央式文化與龍華文化混雜的怪奇之地。

連結西與東的據點——那便是龍沖。

不只是芬德聯邦的人，想要進一步侵略東方的西央諸國的人們、受到殖民控制的極東的人民，也都聚集在龍沖。想要更深入支配的人、想要學習先進國家制度的人、想要打破支配的人、各懷心思的人們彷彿受到吸引般到此造訪。

政治家、記者、學者、生意人、亡命之徒、軍人、革命家……不勝枚舉。

然後，那裡也有著被各國派遣而來的間諜身影。

◇◇◇

人們都說，龍沖的精髓在夜晚。

龍沖大致由兩個地區組成：大陸方面的本土，以及隔海相望的龍沖島。

其中最繁榮興盛的是龍沖島的灣區。

名為「大港」的港口附近高樓大廈林立，將光線灑落在寧靜的海面上。在那些大樓底下，以紅、黃燈籠點綴的龍華餐廳櫛比鱗次。店內擠滿了勞工，眾人一邊大啖小籠包、餛飩麵，一邊喝著紹興酒，藉此撫慰一天的辛勞。

在西央商人群聚的餐廳裡，有一個男人正在飲啜烏龍茶。

那是一名俊美的男性。秀麗的臉龐讓人幾乎誤以為他是女性。他蓄著一頭長髮好遮掩那張美麗的臉孔，讓自己自然地融入街景之中。那副在紅色燈籠下，神色自若地握著茶杯的模樣，儼然是一名在龍沖做生意的青年。

迪恩共和國的間諜——「燎火」克勞斯。

他獨自一人剛吃完晚餐的滷豬肉。

在他背後的座位上，有一名身穿寬鬆襯衫的女性和克勞斯背對背而坐。

「托爾法經濟會議結束至今三個月，各國的成果開始顯現出來了～」

她正在品嘗芬德聯邦生產的威士忌。

女性頂著一頭染成黃色和桃紅色的奇特髮型，臉上則抹了厚厚的眼影。

代號「海鳴」——迪恩共和國的諜報機關的信使。她的任務是與離開祖國活動的間諜接觸，直接傳遞和接收機密情報。

她一邊用雕花玻璃杯遮掩嘴巴，一邊小聲地說：

「大致一如預期，燎火。」

海鳴的聲音略顯沙啞。似乎是酒喝太多造成的酒嗓。

「什麼事一如預期？」克勞斯反問。

「托爾法經濟會議沒有異常。除了一點之外。」

兩人彼此背對背地交談。

克勞斯「這樣啊」地低喃。

兩人正在談論的，是之前發生在穆札亞合眾國與「蛇」之間的決戰。

獲悉「蛇」潛入了在世界第一經濟大國穆札亞合眾國舉行的國際會議，克勞斯率領部下前去迎戰。在經過一番激戰之後，他們成功逮到「蛇」的一員，卻幾乎讓暗中活躍於國際會議的「蛇」自由行動。

——托爾法經濟會議結束後，世界的情勢也許會因「蛇」而改變。

他們原本心存這樣的疑慮，但結果「蛇」並沒有醒目的動作。

海鳴泛起淺笑。

「會議本身就在沒有大驚喜，由聯合國將托爾法大陸瓜分殆盡中落幕了。總之就是很普通。

哎呀呀，完全出乎前輩的意料～」

海鳴不知為何要自稱「前輩」。

克勞斯是最近才開始和她接觸，還不是很清楚她的性格。

「真像是間諜的作風呢～」

海鳴竊笑。

「在水面下自在行動。『蛇』那群傢伙真令人作嘔。」

「結果到頭來，還是不知道『蛇』的目的為何。」

克勞斯忍不住流露出煩躁的情緒。

在他眼中，「蛇」無疑是仇敵。因為「蛇」毀滅了他如家人一般深愛的「火焰」。

「分析有進展嗎？」克勞斯詢問。「就是我從ＪＪＪ那裡套出來的資料。」

「那個還需要花一點時間～」

海鳴聳了聳肩膀。

「畢竟ＪＪＪ也不太可能把所有情報都老實交出來。當然，他們應該是不會做欺騙你這種事情，但不管怎樣還是需要仔細調查。」

「知道了。所以呢？」

「嗯？」

「妳說的異常是什麼？不是唯獨有一項異常嗎？」

「嗯。不過，那件事其實你也很清楚～」

海鳴的語氣黯淡下來。

「各國的諜報機關蒙受了重大損失──『紫蟻』的虐殺。」

「我想也是。」克勞斯表示肯定。

「紫蟻」──加爾迦多帝國的間諜，同時也是「蛇」的成員。

「前輩超傻眼的～」

海鳴一反常態地用沉重的口吻說。

「居然一人殺死百名以上的間諜，那根本不是情報員會做的事。利用人海戰術，蠻橫地將整座都市變成獵場……因為優秀間諜接連遭到屠殺，現在所有諜報機關都陷入混亂狀態了。」

那便是「紫蟻」幹的好事。

透過施虐控制普通市民，將其改造成刺客的男人。命令他們只要發現潛伏在米塔里歐的情報員便予以剷除，若是失敗就立刻自殺的惡魔般存在。米塔里歐之王。

不分國籍，有許多情報員都遭到「紫蟻」的殺害。

據說各國的代表間諜紛紛死於非命。

對克勞斯而言宛如母親的女性，「紅爐」也命喪在他手中。

「以蹂躪二字來形容再恰當不過了。一想到那全是由他一手造成，就令人不禁膽寒。實在是太可怕了。」

「…………」

「總之，這下『蛇』行動起來變得方便多了～」

海鳴繼續說。

「因為『紫蟻』的重大貢獻，世界如今已開始陷入混亂。『蛇』說不定很快就會展開真正的行動～然後，到時一定早就為時已晚～」

「…………」

「所以，我們非常期待你的表現喔。世界最強的間諜——燎火？」

聽到自己的名字，克勞斯沒有否定也沒有謙虛。

他不是驕傲，而是心懷自負與使命感。是被最優秀的同伴栽培出來，身為間諜的自豪。

——在沒有「火焰」的現在，能夠守護祖國到底的只有自己。

海鳴站起身，開始準備離開。

「上頭要我轉告你。」

離去之前，渾身散發刺鼻香水味的她這麼說。

「『蛇』的潛伏地點就快找到了，你再稍等一下。在那之前，要麻煩你去執行其他任務。」

「嗯，我會盡快處理好。」

「前輩也要拜託你、請求你～現在迪恩共和國就只能依靠你了。然後，你也別忘了自己的另一個職責喔。」

「職責？」

「這方面也是刻不容緩～因為許多間諜遭到『紫蟻』屠殺，在全世界的諜報機關都大鬧人才荒的情況下，大家紛紛將新人投入前線，各國的勢力分布勢必會因此大為改變。」

「…………」

「——年輕時代就要來臨了喔。」

海鳴之後又補充了幾則情報才離開。

被留下來的克勞斯再次舉杯飲啜，遠眺夜晚的大海。挾於本土和龍沖島之間的海上，有幾艘渡輪正在往來穿梭。

自己的部下說不定也正身處船內。

「年輕時代啊……」克勞斯低喃。「要是她們也包含在其中就好了。」

1章　遭遇

the room is a specialized institution of mission impossible
code name gujin

竊聽器中傳來可疑的對話。

『……沒錯，總之請讓我購買武器。最少要有一千把衝鋒槍。』

『好的，沒問題。我已經採購最頂級的槍枝了。』

『太好了……你真是幫了好大的忙！這麼一來，我就能在祖國發動政變了。』

『放心吧，我們會全面支援你們的革命。』

『啊啊，實在太感謝了！這下終於可以和軟弱的政權說再見，可以為了祖國展開聖戰了！啊啊，真是幸好有來龍沖！我怎會如此幸福啊！』

在龍沖的餐廳包廂內進行的密談。

事情的情況是：成為萊拉特王國殖民地的小國的革命家，為了奪取政權、脫離先進國家的掌控，打算在龍沖當地搜購武器，而加爾迦多帝國的武器商人則支援其志向。

兩人愉快的說話聲從竊聽器中流瀉而出。

若照這樣下去，這場協商將會順利結束——

「呵，真是遺憾啊！支援不可能成真的政變，使其他國家陷入混亂的卑鄙間諜——即使老天原諒你，我也絕對不會放過你的！」

少女在竊聽器前露出志得意滿的笑容。

披散的蓬鬆銀髮、孩子般可愛的臉蛋、豐滿的胸部。少女手扠腰、雙腳打開，一副氣勢洶洶地站著。她身上穿的是大紅色的龍華禮服。那是完全貼合身體，大腿上有開衩的龍沖傳統服飾。

她高聲地說：

「我乃正在假扮女服務生的華麗天才美少女間諜，百合！」

迪恩共和國的間諜，「花園」百合。

她在餐廳的倉庫裡，將手指向天花板。

「結束米塔里歐的激戰至今三個月，終於成為獨當一面的間諜的我們，持續活躍於全世界，並且有了飛躍性的成長。如今，我們已不再是培育學校的吊車尾學生。不僅如此，受到祖國信賴的我們還要在龍沖這塊土地上，做出更亮眼的成績。」

明明沒人詢問，卻自己絮絮叨叨地說完之後。

「換妳了！安妮特！」

她忽然伸手。

「……………………………………」

在她身旁，一名灰桃髮少女帶著淺淺的笑容僵在原地。

雜亂紮起的頭髮和大大的眼罩，天使般可愛、嬌小的外貌。她是「忘我」安妮特。

「本小姐很好奇大姊的演說有什麼意義！」

「這麼做是為了替自己打氣。」

「本小姐認為沒有意義！」

「可是如果不這麼做，間諜這份工作就會變得很不起眼啊。」

百合本來還想繼續說，安妮特卻單方面結束對話，並取而代之地將手伸進裙子裡，拿出一支小棒子。

「這是大姊專用的間諜道具，試作品第68號！」

那是一支看起來像手杖的棒子。

百合接過棒子，揮了幾下確認觸感。接著像在耍雜技一樣拋到空中，使其旋轉好幾圈後接住，並再次擺出姿勢。

「……終於完成了啊。米塔里歐任務結束以來，安妮特一直幫我製作的，我的特製武器。這個想必能為龍沖的任務帶來首次成功吧。」

「本小姐很好奇這番話有什麼意義！」

「打氣啦，打氣。」

百合手持那個武器，大口吸氣。

「好了，安妮特！我們去摧毀敵方間諜的計謀吧！」

替自己過度打氣之後，她們衝出倉庫。

目的地是正在進行武器協商的包廂。情報已收集完畢，沒有必要再放任敵人自由行動。目標是一口氣將其壓制，成功逮捕帝國間諜。

百合以一句「敵人，覺悟吧！」宣布任務開始──

「大姊，那個試作品一旦受到強烈震動就會爆炸！」

「呀啊啊啊啊啊啊啊啊啊啊啊啊啊啊啊！」

──結果三秒後就失敗了。

◇◇◇

——世界上充滿了痛苦。

被稱為世界大戰的史上最大戰爭結束至今已經過了十年。目睹世界大戰慘狀的政治家們捨棄軍事力量，改採利用間諜來壓制他國的政策。

各國紛紛強化諜報機關，展開由間諜所上演的影子戰爭。

「燈火」是迪恩共和國的間諜團隊。

少女們從前在培育學校裡雖然是吊車尾的學生，但是在經過多次訓練和國內的任務之後有了大幅成長。達成在米塔里歐的任務之後，老大克勞斯更是認同她們已達到「能夠從培育學校畢業的水準」。

當時，實力受到認可的少女們欣喜若狂。

「我們就這樣朝著成為無敵間諜集團邁進吧！」百合如此宣示。

「「「「「「好！」」」」」」少女們大聲應和。

後來，她們興沖沖地持續挑戰任務。既然已在米塔里歐達成無比嚴苛的任務，如今無論何種艱難危險都不足為懼。

「現在不管什麼樣的任務，對我們都是輕而易舉！」百合始終一臉得意。

可是過了三個月，她們開始慢慢體會到現實與想像之間的落差。

也就是——現實永遠都是那麼殘酷且嚴苛。

◇◇◇

「燈火」的據點位在龍沖島的山丘上。

那是迪恩共和國的寶石公司社長所擁有的別墅。配合龍沖溫暖的氣候，建築採用開放式的設計。每個房間都擺有葉片寬大的觀葉植物，讓人沉浸在宛如置身度假村的氛圍中。從二樓的露台向外眺望，則能望見大港的大樓群。

「燈火」的老大克勞斯，是以那位社長的親戚身分居住於此，並且利用各種名義將部下的少女們帶進別墅。儘管旁人將他視為喜好女色的浪子，他也只能無奈地接受。

此時，克勞斯正在別墅的書房裡按著額頭。

「這已經是連續第八次失敗了。結果又被目標給逃了啊……」

「是的，非常對不起……」「本小姐犯了好大的錯誤！」

在克勞斯面前承認失敗的，是百合和安妮特，也就是剛才在餐廳裡意外自爆的兩人。引發大爆炸的她們竭盡全力隱瞞自己的身分，結果就讓在包廂密談的目標給逃走了。

百合一臉哭喪的表情，安妮特則一副覺得好笑似的滿臉笑意。

這已經成為慣常的景象了。

克勞斯皺著眉頭，敲打手邊的無線電機。

「話說回來，剛才我從無線電機中聽到『終於成為獨當一面的間諜的我們，持續活躍於全世界～』之類的蠢話，那到底是什麼東西？」

「是我為了激發幹勁而編出來的……」

「可是實際情況完全相反耶？」

「請不要吐槽我，這樣我會很難為情……」

「……算了，總之幸好妳們沒有受傷。妳們今天就好好地休息吧。」

連生氣都提不起勁，克勞斯盡可能好聲好氣地說。百合說了一句「謝謝嗚嗚嗚嗚～」，便和安妮特一起離開書房。

兩人離去後，克勞斯在房內嘆了口氣。

然後望向站在一旁的少女。

「緹雅，失敗的補救措施進行得怎麼樣了？」

「放心，我早就安排好了。」

回應的是黑髮少女，「夢語」緹雅。這名少女擁有凹凸有致的迷人身材，以及一頭烏黑亮麗的長髮。

她和克勞斯一樣住進了別墅，擔任作戰指揮的輔佐官。她指著貼在書房牆壁上的龍沖地圖，一面報告狀況。

「我已經派了莫妮卡等人還有葛蕾特過去，所以不用擔心。」

「可是，這也已經是她們第五次幫忙收拾殘局了吧？」

「是啊，她們可能已經感受到壓力了。我會適度調整，讓她們休息的。」

「……也罷，反正百合兩人負責的不是此次任務的重點。要是真的不行，到時只要交給別組就好，不要讓她們太勉強。」

「好。我已經告訴她們不要太深究了。」

緹雅一邊更動插在地圖上的圖釘位置，一邊有條有理地回答。

（緹雅最近的成長十分顯著。）

克勞斯在其背後滿意地點頭。

在米塔里歐的任務開始之前，緹雅似乎完全失去了自信，但是現在她的言行舉止不僅落落大方，還能夠細膩地調整成員的配置。

她在這三個月內有了飛躍性的成長。

克勞斯不在時，她開始會積極地對同伴下達指示。其中最明顯的一點，就是溝通的次數增加了。她會和同伴進行密切的交流，配合本人的希望和精神狀態來分配工作。在成員個個難搞的「燈火」中巧妙地進行調整，是緹雅的本領。

「我會幹勁十足是理所當然的。」

大概是察覺到克勞斯的視線了，緹雅笑著說。

「因為我之前老是給大家添麻煩啊，所以我得好好彌補才行。況且——」

「況且？」

聽了克勞斯的反問，緹雅面露微笑。

「我要是不努力成長，怎麼有辦法當你的搭檔呢？」

搭檔——那是緹雅曾經告訴克勞斯，她所想要成為的角色。雖然還是有不太可靠的一面，不過她正一步步接近自己的理想。

克勞斯自然地脫口而出。

「——好極了。」

部下努力成長的模樣，讓人無論何時見到都深感欣慰。

可是在此同時，克勞斯心裡也有一大煩惱。

（緹雅是沒問題，可是其他人就…………）

經過米塔里歐的決戰之後，「燈火」繼續在世界各國完成任務。說實話，克勞斯本來也樂觀地以為應該差不多沒問題了。認為已經有所成長的她們，應該不需要支援了。

然而，他很快就明白自己高估了她們。

用一句話來形容，就是七零八落。

百合老是犯錯、席薇亞也常做出記不清楚作戰計畫的失態之舉、安妮特總是發明一些稀奇古怪的東西、愛爾娜會在關鍵時刻跌倒、莎拉總在同伴身陷危機時害怕得不知所措。值得信賴的莫妮卡和葛蕾特兩人則因為忙著收拾殘局，而無法發揮她們真正的價值。

然後，克勞斯也沒辦法給予少女們適切的指導。

他本來就不擅長指導別人。他只會對她們說「好好地做」、「要互相配合」這種抽象的話，連給予失敗的少女有用的建議也做不到。

結果就變成少女們反覆犯錯，接著克勞斯出面收拾殘局——每次皆是如此。

回顧現狀，冷靜地判斷。

（或許是該視作她們停止成長了。）

即使持續往常的訓練，實力也不見飛躍性的提升。不過，這恐怕也是沒辦法的事。畢竟世上不可能有光憑持續一項訓練就讓能力攀升至高峰這樣的好事。

（……該怎麼辦呢？應該像以前一樣，由我獨自完成任務嗎……抑或先維持勉強還過得去的現狀，再看看情況——）

身為老大，克勞斯做出抉擇的時刻到了。

任務隨時都伴隨著危險。應該要在害她們受傷之前接手任務嗎？可是，那些失誤並不致命也是事實。還是說，應該等待她們的技術在執行任務的過程中逐漸成熟呢？

就在他這麼煩惱時，腦海中浮現了幾句話。

——『勉強還過得去的狀況是最危險的。』

——『克勞小弟，你太不會依賴別人了啦。算了，你還是比較適合當我的小奴才。』

語調沉穩卻又嚴厲的說話聲。

那人是克勞斯從前隸屬的組織「火焰」的一員。

不像老大「紅爐」那麼溫柔，也不像師父基德那麼地循循善誘。總是比誰都還要嚴厲斥責克勞斯的人物——嚴酷的老婦人「炮烙」蓋兒黛。

（停滯不前的時候，蓋兒老太婆的話總是特別有效。）

克勞斯回想起如今已故的成員，不禁搖了搖頭。

（而且我也有種不祥的預感……看來，還是應該重新審視一遍任務的體制才對。）

答案自然而然地浮現了。

看樣子，還是讓少女們暫時休息比較好。

「緹雅，叫其他成員暫時——」

就在克勞斯做出結論時，緹雅搶先問道：「老師，可以打擾你一下嗎？」

她的聲音流露出焦躁的情緒。

「什麼事？」

「我希望你能去看看情況。」緹雅不安地注視著時鐘。「已經到約定時間了，可是席薇亞和愛爾娜還沒有回來……」

想必一定是發生問題了。

「知道了。」克勞斯簡短回答便起身。

隱約感受到一股寒意。身為間諜的直覺告訴他，危機就在眼前。

◇◇◇

紡織業在龍沖的大陸方面相當興盛。

芬德聯邦製造的蒸氣渦輪發動機在廣大的紡織工廠廠區內林立，發出悶鈍的聲音不停運轉著。向龍華文化圈的各國殺價後便宜買到的棉花，會在這裡變成布料，然後被運送至西央諸國。土地和人事費用低廉的紡織工廠，是先進國家眼中的「搖錢樹」。

廠區的中央蓋了管理大樓。那棟八層樓高的建築控制了整座工廠的運作體制，像在俯視廠區內的一切般聳立於該處。

然後，現在那裡不見半個員工的身影。

除了今天是假日外，也因為大樓預計從傍晚開始要進行打蠟。

即使是假日出勤的員工也都在管理大樓之外。

理所當然的，位於八樓的社長室內也沒有員工。絲質地毯上擺了老虎、龍造型的藝術品，金魚在桌上的水缸裡優雅地游動。這個房間安裝了最新型的保全系統，只有使用專用鑰匙才能將門打開。除了那扇堅固的門以外沒有其他入口，就連換氣用的通風口，也只能在三樓的事務室操作開啟。

可是，此時那間社長室裡卻有兩名少女。

她們正偷偷摸摸地忙著找東西。

「唔，好像沒有在這個金魚缸的底部呢。」

弄濕袖子、搜尋金魚缸底部的是「愚人」愛爾娜。

她是擁有無瑕肌膚，宛如一尊精巧洋娃娃的金髮少女。

「也沒有在老虎雕像裡找到耶。機密文件到底藏在哪裡啊？」

回應她的人是「百鬼」席薇亞。

這名少女有著野獸般緊實的身材，以及銳利的目光。

不消說，她們正在執行任務。

一份關於支配殖民地龍沖的調查報告書從迪恩共和國的大使館外流，結果發生探尋流向的外交官遭到暗殺的事件。被派來接手任務的「燈火」查明那份機密文件的所在之處，於是潛入這棟工廠管理大樓。

她們事前踏實地做好萬全準備，最後成功突破了社長室的保全系統。

但是卻找遍整間社長室，還是找不到最重要的文件。

席薇亞踢飛老虎木雕，抱頭大喊：

「啊啊啊啊啊！完全找不到啊！」

「呃！愛爾娜弄倒金魚缸了呢！」

「啊，抱歉嚇到妳……唔哇！地毯都濕掉了！」

「金、金魚要怎麼辦呢？」

「把、把牠們移到另一個魚缸裡！快點！」

手忙腳亂。

姑且成功拯救金魚之後，兩人深深地嘆了口氣。

泡水的地毯和水減少的金魚缸。室內清楚留下了入侵的痕跡。

「總之先把地毯弄乾好了。」喃喃說完後，席薇亞打開社長室的窗簾。她本來也想打開窗戶，但是窗戶封死了。保全措施果然周全。

看著灑進屋內的夕陽，她自然而然地察覺到時間的流逝。

已經快要傍晚了，清潔工就要來打蠟了。

席薇亞把手扠在腰上。

（最近真的很不順耶……）

她也感覺到「燈火」近來狀況不佳。

彷彿齒輪彼此沒有咬合一般，任務始終無法順暢地進行。

失敗接連發生，達成米塔里歐的任務一事宛如只是一場夢。

（……到底是哪裡出問題呢？我們明明就很努力啊……）

最起碼少女們並沒有疏於訓練。儘管忙於一件接著一件的任務，她們仍會自主訓練，也有在進行偷襲克勞斯這項持續已久的訓練。

然而等到正式上場時，卻無論如何都會犯下失誤。

席薇亞用兩手拍打臉頰。

（不行，現在不是煩惱的時候，總之先行動再說。）

她用與生俱來的正面思考很快地切換情緒。

「好了，愛爾娜，我們先暫時往下逃到七樓吧。等到清潔工替八樓打完蠟之後，我們再回來。不要緊，一切都會沒事的。」

「……………………」

愛爾娜低著頭，抱著已經將金魚移走的魚缸。

「愛爾娜？」席薇亞喚她。

「呢？」愛爾娜晃了一下。「說、說得也是呢。還是先離開比較好呢。」

愛爾娜放下金魚缸，回到席薇亞身邊。

「怎麼了，很累是嗎？」席薇亞撫摸愛爾娜的頭。「如果覺得累，要不要在隔壁房間休息一下再移動？反正現在應該還沒開始打蠟。」

「……呢。愛爾娜想要那麼做呢。」她也點頭同意。

如果急忙衝出去，可能會和清潔工撞個正著。

於是席薇亞小心翼翼地邊張望四周邊離開社長室，再靜悄悄地將門關上。

愛爾娜倒吸了一口氣。

一如她們所提防的，清潔工已經抵達了。兩名身穿清潔服的男女帶著行李，在樓梯上來回走動，好像打算從高樓層開始打蠟。

席薇亞二人一離開社長室，旋即逃進隔壁的倉庫稍事休息。愛爾娜坐在地板上，反覆地深呼吸。最近任務接連失敗一事，似乎讓她累積了不少疲勞。她們一邊充分休息，一邊斟酌離開的時機。

不久，兩人離開倉庫，悄悄地移動到建築的邊緣。

走廊的盡頭有緊急出口，通往大樓外面的逃生梯。雖然會被人從外面看得一清二楚，不過如果只是往下一層樓應該不會有問題。

兩人默默地互相點頭示意後，往逃生梯踏出一步。

——鈴聲響起。

「呃？」「啥？」

兩人目瞪口呆。

尖銳的警報聲大作，響徹了整棟管理大樓。不知道是有人通報，還是逃生梯內設有陷阱。

（怎麼會……！為什麼警報現在會響？）

肯定有意外狀況發生了。

席薇亞不耐地咂舌，兩人迅速離開逃生梯。

繼續待在原地會被全工廠的人看見。外露的階梯不能使用。

接著，人們往這邊聚集的聲音從樓下傳來。

「先、先回社長室呢！」

出聲的人是愛爾娜。

「社長室？」席薇亞反問。

「如果是那裡，即使是員工也無法隨便進入呢！」

相當冷靜的判斷。

社長室受到嚴密的保全系統保護，社長和祕書以外的人無法進入。既然現在無處可逃，暫時躲在社長室裡是最好的選擇。

席薇亞點頭應了一聲「好」，便朝拔腿狂奔的愛爾娜身後追去。

一面聽著員工們爬上八樓的腳步聲，愛爾娜抵達社長室的門前，再度解除保全系統、打開門。

兩人踏出一步，準備進入那個房間——

「——停下來呢！」

然而愛爾娜卻忽然慘叫一聲。

席薇亞「咦？」地驚呼。

愛爾娜拉住準備進入室內的席薇亞的衣服，即刻有了反應的席薇亞於是跳向後方。接著，愛爾娜像是要用身體覆蓋住席薇亞一樣，猛力將她撞開。

爆炸火焰竄出。

火焰從社長室噴發出來，竄到了走廊上。

雖然不是伴隨破壞的類型，火勢之大也足以用烈焰來形容。走廊被染成了一片鮮紅。

儘管勉強閃開了，但剛才要是被直接命中，現在恐怕已經丟了性命吧。

（火焰……？圈套應該已經解除了才對，怎麼會……？）

席薇亞跌坐在地，滿腹疑問。

出乎意料的麻煩接連發生。

所幸大樓是鋼筋水泥材質，火似乎不會延燒至整棟建築物。社長室的地毯留下了焦痕。

這時，赫然驚覺的席薇亞倒吸一口氣。

「愛爾娜！妳沒事吧？」

一旁，愛爾娜表情痛苦地倒在走廊上。

她好像被火灼傷，正難受地按著自己的上手臂。不僅如此，她好像在倒地時撞到了頭，只見額頭上冒出鮮血。

愛爾娜用沙啞的聲音呻吟了幾聲，不久便全身一軟、沒了力氣。

席薇亞叫了她好幾次，都沒有得到回應。即使搖晃她的身體，嘴唇還是沒有動。

——失去意識了。

席薇亞急忙確認呼吸。愛爾娜單薄的胸部有在上下起伏，她還活著。但是，還是必須儘快將她送到安全的地方去才行。

在此同時，耳邊傳來從樓梯趕來的員工們的腳步聲。剛才的爆炸火焰好像讓他們察覺到異狀了。男人們的怒吼聲交錯四起。

——危機迫在眉睫。

朝著無處可逃的八樓聚集的員工，以及身旁失去意識的搭檔。

「抱歉，愛爾娜。」

席薇亞對沉睡的少女說。

「我要來粗魯的了，請原諒我。」

說話的同時，席薇亞抬起愛爾娜的身體，將她放到背上。接著席薇亞蹲下來，揹起愛爾娜。

只能鋌而走險了。

席薇亞踹破走廊的窗戶。

然後順勢從八樓的窗戶跳出去。在揹著愛爾娜的狀態下！

比起避開遭人目擊的風險，她決定以救助同伴為優先。

並且未經演練就使出不曾嘗試過的技術。

（——從高樓層一躍而下！）

若非情況危急，席薇亞也不想從事這種危險行為。既然攸關同伴的性命，那也只能出此下策了。

席薇亞將自己的身體能力發揮至極限，在落下前一刻轉身，從手腕發射出鋼索。鋼索纏住裸露在大樓外面的排水管，減緩了下墜的衝力。

她腦中想到的是鐘擺。

將自由落體運動轉換成鐘擺運動，避免墜樓死亡。

只要稍微弄錯射出鋼索的時間點和長度，身體就會重擊地面。席薇亞的身體像在描繪弧形一般，在空中擺盪。在彷彿要將身體撕裂的衝擊之下，空氣不斷地被擠壓出肺部。

地面接近眼前的景象，令全身不由得發寒。

但是，席薇亞的身體在接近前一刻浮了起來。

愛爾娜的頭髮掠過地面。

兩人就這麼被吊在半空中持續擺盪，直到不久後鐘擺運動減弱為止。

安全落地後，席薇亞重重吐了口氣。

（總算是成功了……）

之後，席薇亞避開其他員工的耳目，在廠區內奔跑。

她來到廠區的邊緣，越過圍籬，然後鑽進工廠對面的大樓縫隙。

那是一條夾在高聳大樓間、寬約三公尺的小巷。「逃到這裡應該就沒事了。」席薇亞笑著這麼對背上的愛爾娜說。只是很可惜，她並沒有得到回應。

正當席薇亞在暗處調整呼吸時，意想不到的兩人現身了。

「本小姐來救妳們了！」「妳們好，我是靠著甜點重新打起精神的百合！」

是安妮特和百合。她們從小巷的另一頭跑過來。

她們大概是擔心沒在預定時間回來的席薇亞兩人才來的吧。

「……我剛才好像看到一隻紅毛猩猩從八層樓高的大樓跳下來，利用雜技般的技術落地。」百合喃喃地說。

「妳少囉嗦。」席薇亞回嘴。「別開玩笑了，快點幫忙治療愛爾娜。」

「咦？她受傷了嗎？」

「她昏過去了。幫她處理好傷勢之後，就馬上帶她去安全的地方。」

安妮特說「本小姐有帶急救箱來！」後便晃了晃裙子，結果繃帶、消毒藥等藥品就這麼從裙子底下滿溢出來。

百合和席薇亞立刻進行急救措施。

被兩人有些粗魯地用繃帶一圈又一圈地纏繞頭部，愛爾娜的額頭膨脹成奇形怪狀的模樣。

她們本來打算立刻將愛爾娜送回據點——

「不准動，妳們幾個。」

——危機再度上門。

小巷內卻又出現新的人影。

◇◇◇

席薇亞即刻轉身。

一名身穿清潔服的男子站在通往工廠的方向。那人無聲無息，甚至讓人有種他是憑空出現的錯覺。雖說自己剛才確實鬆懈了，但是這種現象照理說不可能發生。

（嗯。是剛才在管理大樓的男性清潔工……？他為什麼要追過來？）

席薇亞對他的外表有印象。

男子扛在肩上的拖把，散發出熟悉的蠟的氣味。

「……妳們幾個是什麼人？」

棕色短髮的青年以威脅的語氣問道。年紀大約二十歲上下吧，他用黯淡陰鬱的眼眸盯著席薇亞等人。

席薇亞率先做出反應。

她以幾乎要踩凹地面的氣勢踏步向前，朝青年逼近。

雖然不知對方的目的為何，不過迅速將其壓制是最好的辦法。

席薇亞以青年無法應對的速度接近，然後將刀子架在青年的脖子上。

「抱歉啊，我們也是有工作在身。」席薇亞低聲地說。

青年不發一語，微微地瞪大眼睛。

「大姊的速度好快！」安妮特興奮地喊道。

沒錯，包括剛才的逃脫戲碼在內，席薇亞的身體能力比三個月前更加提升了。如果是一對一，一般外行人已經不是她的對手。

「不准出聲。」

席薇亞繼續用刀子抵著他，出聲警告。

「我不想加害普通人。聽我的命令，不准跟任何人報告，也不准跟任何人提起這件事。說得極端一點，給我忘了這件事。只要你答應做到這一點，我就放了你。明白嗎？」

「…………」

青年用淡漠的眼神回望席薇亞。他的反應很冷淡。

原以為青年會害怕或是哭喪著臉的席薇亞疑惑地歪頭。

「……搞什麼，回答我啊。」

對方就只是用冷冷的眼神回望著她。全身上下徹底放鬆，沒有一絲緊張感，簡直就像在看無趣的話劇一樣。

莫非他不了解狀況？

百合小聲地勸說：「會不會是席薇亞妳的表情太恐怖，他才不敢回答？」

這句話雖然令人火大，不過倒也有理。

「好吧，這件事說起來都是我們的錯。抱歉把你扯進來，不過還是拜託你啦。」

就在席薇亞這麼笑道，一邊把用來當作賠償金的硬幣塞進青年懷裡時。

「——無聊透頂。」

陰森的說話聲傳來，清潔工青年突然將身體往後一倒。

他大大地倒向後方，逃離席薇亞的刀子，接著便以後彎的姿勢躍入空中。就像是足球裡的倒掛金鉤一樣，他朝席薇的側頭部踢了一腳。

突如其來的抵抗。

而且技術還相當高明。

席薇亞咒罵一句「可惡的傢伙！」，隨即撲上前去想要壓制青年。在此同時，百合和安妮特也分別拿著毒針和電擊棒衝上前去。

來自三方的攻擊，身在空中的青年不可能閃避得了——本來應該是如此。

「代號『飛禽』——啃咬剜挖的時間到了。」

自報名號的說話聲傳來。

青年將手中的拖把當成拐杖敲打地面，在空中一個翻身，避開來自三方的攻擊。核心肌群若是沒有經過訓練，是不可能做出這個動作的。

然後，從他旋轉的身上落下的，是無數支刀子。

察覺危險的少女們本打算暫時遠離——不料卻全員滑倒。

（……蠟？）席薇亞瞠目結舌。

那是從青年手裡的拖把滴下來的蠟。

之後的事情只發生在一瞬間。

落地的青年像在地面彈跳似的，再度躍入空中，簡直就像裝了彈簧。他伸長雙手，用刀子將失去平衡的少女們的衣服固定在地上。青年的速度快到少女們無法閃避，就這麼被牢牢釘住。

席薇亞倒在地上，為眼前的現實困惑不已。

一旁，百合「咦——」地睜大眼睛驚呼。

被對方以身體能力擊敗了。

明明是三對一，卻徹底遭到輾壓。對方趁著短暫的鬆懈，出其不意。

「……妳們幾個好吵。我看不如減少數量好了。」

青年對匍匐在地的席薇亞等人投以凌厲的目光。

右手握著一把刀。

而刀鋒指向的人是席薇亞。

「首先就從妳開始。」

青年毫不猶豫就朝席薇亞揮刀。

「等等，溫德！」

刀子在觸及席薇亞的額頭前一刻停止。

全身上下開始冷汗直流。席薇亞感應到的無疑是死亡的預感。

心臟高聲地跳動。

（假使這傢伙真的有心那麼做——）

席薇亞想起了自己的命運。

（——我早就已經死在這裡了。）

席薇亞的雙腿顫抖。儘管如此，她還是抬起頭，確認狀況。

小巷裡又出現了新的人物。

那是一名戴著大眼鏡的少女。她將翡翠色的頭髮綁成馬尾，臉上露出好勝的表情。她也是剛才在管理大樓的清潔工之一。

她用惱怒的口氣對青年說：「她們不是敵人，是同胞啦。」

「……哦，是嗎？」

被喚作溫德的青年蹙起眉頭。

然後嘟囔了一句「這下更無趣了」，收起刀子。

翡翠色頭髮的少女深深嘆息。那是彷彿從身體深處發出的嘆息聲。

「幸好你及時住手……溫德，你剛才差點就要刺殺自己人了耶？」

溫德冷冷地望向少女。

「妳少囉嗦，裘兒。就算妳沒出聲，我也會停手。」

「咦？」

「上面。妳也該察覺了吧。」

在溫德的催促下，席薇亞也望向大樓的屋頂。

——克勞斯站在那裡。

右手拿著手槍，左手持刀。他將長髮紮起，以完全的備戰狀態俯視著這邊。

席薇亞不禁倒吸一口氣。包括溫德在內，其他人也是如此。

氣氛沉重。莫非這就是殺氣？

被喚作裘兒的少女發出「咿！」的哀號，往後退了一步。

倘若克勞斯有意那麼做，他恐怕不消幾秒鐘就能將在場所有人殺光吧。

「那副外表……原來如此，那人就是『燎火』啊……」

只有溫德一人不為克勞斯的殺氣所動搖，態度依舊大方自若。

克勞斯無聲地從屋頂跳到席薇亞面前。明明從超過五層樓的高度躍下，他卻絲毫不覺得疼痛的樣子。

在一陣靜默之後，克勞斯注視著溫德。

「看來我不需要自我介紹了。」

「不需要。燎火這個名字我還知道。」

溫德冷淡地回答。

「幸會，我的代號是『飛禽』，假名是溫德。」

「這樣啊。隔壁的呢？」

「是、是的！呃，那個，我、我叫『鼓翼』，假名是裘兒。」
自稱裘兒的少女一副緊張地低頭致意。
「先暫時散開吧。」克勞斯冷靜地說。「聚集在這裡不太好。」
溫德應了一句「知道了」便握住拖把，和裘兒一同返回大樓。
「「「…………」」」
被留下來的少女們一臉茫然。
雖然好像得救了，可是他們究竟是誰？而且他們似乎認識克勞斯——
席薇亞代表其他人發問：「他們到底是什麼人？」
「他們是同伴。是迪恩共和國的同胞。」
克勞斯立刻回答。
說出對少女們而言出乎意料的情報。
「『鳳』——由所有培育學校中的最頂尖的六人組成的新團隊。」

◇◇◇

關於「鳳」的事情，克勞斯已經聽「海鳴」提過了。

迪恩共和國的間諜網曾有一段時間徹底瓦解。

原因是克勞斯的師父「炬光」基德背叛了國家。這個手中握有共和國許多情報的男人，僭越身為間諜的立場，向敵對的加爾迦多帝國倒戈。

情報外流的間諜隨時都身陷危機之中。

基德的倒戈簡直有如惡夢。

由於共和國內有前途的間諜的情報被洩漏給敵人，因而造成許多人犧牲。毀滅的不只是「火焰」，還有許多寶貴人才都慘遭殺害。即使想要翻轉這樣的窘境，能夠派出去的間諜的情報也已外流，情況可說是窮途末路。

而共和國能夠勉強克服這般窘境的主要原因是——

「原因大致有二。首先第一個是『燎火』的活躍表現。你組成『燈火』、成功取代『火焰』這一點，堪稱是誕生在絕望之中的巨大光芒。」

海鳴這麼解說。

「然後另一個原因是，培育學校的頂尖分子的興起。」

面對前所未有的危機，間諜培育學校的學生突然被紛紛送往前線。

克勞斯因為擔心培育學校的成績優異者的情報遭到外流，於是集結吊車尾學生組成「燈火」，做出了實績。

另一方面，成績優異者們也已通過畢業考，在最前線大展身手了。即使是基德，他好像也沒能掌握所有培育學校的成績優異者的情報。

「當然，並不是所有新人都有做出成果。畢竟基德洩漏了一部分成績優異者的情報，因此造成了不少的犧牲。不過，像是要替同伴之死報仇般，表現格外突出的是——『鳳』。」

克勞斯也是第一次聽說這個名字。

那大概是最近才成立的組織吧。

「他們相當厲害喔。『鳳』是『火焰』毀滅之後不久，從培育學校超過三千人的所有學生中選拔出成績優異者進行畢業考——然後由表現最佳的六人組成的夢幻團隊。」

「三千人之中的前六名啊。」

「他們已經達成不少任務了。雖然目前還沒有分配高難度的任務給他們，」

海鳴語氣愉悅地說。

「——不過如果單論成功的任務件數，那麼『鳳』在『燈火』之上。」

◇◇◇

愛爾娜被送到了克勞斯的據點。

立刻從城裡找來的醫生表示，她應該只要靜養一段時間就會醒來。

愛爾娜目前尚未清醒，仍在床上沉睡著，偶爾會發出聽似痛苦的呻吟聲。據說她除了被火燒傷，還在慌忙跌倒之際受了腦震盪，不過並無性命之虞，讓「燈火」的成員們都鬆了一口氣。

席薇亞在同伴離去之後，依然陪伴在愛爾娜身旁。

「抱歉啊，愛爾娜。都怪我太不中用了……」

她拭去愛爾娜額頭上的汗水，向她賠罪。

之後席薇亞向她招呼一聲便離開床，而這時肚子正好叫了。即使是心情鬱悶的時候，肚子還是照樣會餓。

太陽就快下山，已經是晚餐時刻了。

「呃，也就是說，兩個團隊的任務重疊了嗎？」

在餐廳和廚房合併的空間裡，成員們正以百合為中心進行報告。

八人座的餐桌上，擺放著烤雞、水餃、白灼蝦、五色小籠包、壽桃等一道道色彩繽紛的外帶龍華料理。

那些全是百合從臥底的餐廳帶回來的剩菜。這個女人唯獨對食物特別熱衷。

緹雅、百合、安妮特三人圍繞在晚餐旁，之後席薇亞也加入其中。

「好像是這樣。」

解說的人是緹雅。她正仔細地剝蝦殼。

「『鳳』和『燈火』在追逐各自的目標的過程中，不小心出現在同個地方。聽說這種情況很罕見呢。」

「唔，這恐怕是會隱匿情報的間諜才有的狀況吧。」百合用小籠包塞滿嘴巴。

「本小姐認為應該要確實互相報告！」安妮特咬下壽桃。

「是啊，所以他們現在正在老師的書房裡進行協調。」緹雅點頭。

少女們將視線轉向書房。

剛才溫德和裘兒來到別墅，進了書房。身上穿的不是穿清潔服而是學生制服。他們的假經歷（掩護）好像是來龍沖留學的學生。

此時此刻，「燈火」和「鳳」之間大概正在共享情報吧。

「不過話說回來，培育學校最頂尖的六人啊……」席薇亞憂鬱地嘆氣。

「就是啊……」

緹雅也表情悶悶不樂地附和。

關於「鳳」的來歷，她們已大致聽克勞斯說過。總而言之，就是一群培育學校的菁英分子。

「唔喔喔喔喔喔喔喔喔喔喔喔喔喔喔喔喔喔喔喔喔！」

百合突然開始扭動身體。

「腦袋裡……有各式各樣的記憶啊啊啊啊啊啊啊啊！」

表情苦悶的人不只是百合，席薇亞和緹雅也一樣。注意到時，就連餐點也變得有些食不下嚥了。唯獨安妮特還一派從容地在玩堆疊壽桃的遊戲。

「燈火」和「鳳」完全相反——是由培育學校的吊車尾學生組成的團隊。

成績不良、人際關係、品行不佳、失敗犯錯。她們是一群因為各種因素，在培育學校裡遲遲不見長進的學生。是由差點就要被退學的少女們所組成。

「真是的，害我想起討厭的回憶了。」

聽了席薇亞的嘀咕，緹雅也附和：「我懂。坦白說，真的會讓人有心理陰影耶。我本來還打算這輩子都不要跟那種人扯上關係的。」

「而且，偏偏還在我們這麼不順利的時候遇見。」

少女們異口同聲地說：「「「不幸啊……」」」。

餐桌上充斥著沉重的沉默。

只剩下吊扇的馬達聲空虛地響起。

「但、但是！」

這時，百合站起來。

「我、我們也已經和在培育學校時不一樣了！經過和老師的訓練，我現在可是完成不可能任務的超級情報員百合呢！」

「喔、喔……嗯，這麼說也是。」

受到百合的觸發，席薇亞也跟著站起身。

「沒錯！百合說得對。什麼吊車尾的，那都已經是過去式了！況且，我們老大也說過培育學校的框架很狹隘啊！」

其他少女們也紛紛起身。

「我、我也這麼覺得。再說，我的成績以前根本就沒有被正確地評價！」緹雅說。

「本小姐的優秀發明也被臭教官當成了垃圾！」安妮特說。

儘管感覺只是在虛張聲勢，她們卻開始各自替自己發聲。

就在情緒沸騰到最高點時，百合大喊。

「我們是不會把工作讓給別人的！菁英是嗎？好極了，你們就儘管放馬過來吧，『鳳』！」

「「「喔喔喔喔喔喔喔喔喔！」」」

她們精神飽滿地高舉拳頭吶喊。

「……妳們這群女人還真有朝氣啊。」

突然間，低沉的說話聲從後方傳來。

少女們帶著心中升起的不祥預感，赫然轉身。

結果見到眼神冷漠的溫德，還有「啊哈哈……」一臉尷尬笑容的裘兒站在那裡。

他們好像已經結束商談，從書房裡出來了。

溫德用兩手插口袋的姿勢，對少女們施壓。

「所以，妳們說『鳳』怎麼樣？妳們想說什麼？再喊一次看看啊。」

「「「「…………………………………………」」」」

在本人面前，百合等人頓時默不作聲。

臉上表情全都一樣僵硬。

沒一會兒，百合「席薇亞好像有話想說」地率先背叛，緹雅「就、就是啊」地附和，安妮特「席薇亞大姊，請妳重複剛才罵人的話！」地激勵，席薇亞則「我絕對饒不了妳們」地怒瞪她們。

「不要讓家醜外揚了。」

這時，克勞斯也來到餐廚空間。

「我剛才已經和『鳳』協調好了。總之，我們這兩支團隊將會在龍沖彼此合作執行任務。妳們不要抱有地盤意識。」

裘兒揮揮手說「請多指教喔」，溫德則是一言不發。

「燈火」的少女們也紅著臉，點頭回應。

「嗯？話說回來——」席薇亞開口。「為什麼是你們直接來？協調這種事情，不是應該由雙方的老大來進行嗎？」

「喔，關於這一點——」

「我想要當面親眼看看。」

溫德打斷克勞斯的話。

「雖然只是一些片段，但我有聽說培育學校的吊車尾學生達成了不可能任務。不過一開始，我還以為是教官為了激勵我們，才故意散布那種謠言就是了。」

溫德的語氣中，帶有不尋常的威嚇感。

他一步一步地縮短距離，來到少女們面前。在他那打量一般的銳利目光下，少女們不禁

「唔！」地小聲呻吟。

「妳們達成不可能任務的事情是真的嗎？」

「……是、是啊，沒有錯。」

回答的人是百合。

她儘管額頭冒汗，依然大方地挺起胸膛。

「我們達成了。哎呀不是我要說，那可真是激戰啊。尤其是潛入加爾迦多帝國的任務，要是沒有我們完美的團隊合作，是不可能成功的——」

「就憑妳們這副德性？」

溫德冷冷地說。

百合一時啞口無言。

好像光是那個問題就已經令他失去興趣一樣，溫德將視線從少女們身上移開，依舊維持兩手插口袋的姿勢，轉頭望向克勞斯。

「燎火先生，今晚的任務我要參加。可以吧？」

「好啊，無所謂。」

「謝謝你。那麼，我們就在剛才說好的時間碰面。」

一副已經沒必要再留下來似的，溫德迅速朝出入口走去。

對少女們的態度不屑一顧。

袭兒滿臉愧疚地合掌道歉：「那、那個，抱歉我們家溫德這種態度……」，說完便朝他身後追去。

少女們帶著複雜的心情，望著出入口的門。
「好、好可怕的人……」
百合喃喃地說，席薇亞也「就、就是啊」地贊同。
青年身上帶有和以往遇過的所有間諜都不同的壓迫感。
當然，以前她們的學校裡也有成績優異的學生，可是即使和那些人相比，溫德這個人依舊非比尋常。也從沒遇過態度像他這麼冷漠的人。
「他的專業意識大概很高吧。」
克勞斯開口。
「雖然確實高到有點危險，不過繃緊神經絕非壞事。妳們要不要也向他看齊？今晚，我們和『鳳』將會展開共同任務。席薇亞，妳馬上去做準備。然後百合，妳來代替愛爾娜負責支援。」
「嗄？」「咦？」
突然被指名，席薇亞和百合目瞪口呆。
「無論發生什麼事，任務都得繼續進行。」克勞斯以堅定的口吻說。「我今晚有別的工作要做，任務就交給妳們了。為以防萬一，我也已經把要給妳們的建議寫下來了。」
「好、好的。」「知、知道了……」
在克勞斯冷靜的勸導之下，少女們總算回神。

他說得沒錯，任務還在持續進行中。現在不是回憶培育學校的心理陰影，還為之惶惶不安的時候。

「老師也無時無刻都不鬆懈耶。」百合這麼說。

「擁有這樣的專業意識是理所當然的。」克勞斯回答。

接著，克勞斯分別將一張摺好的紙，遞給她們兩人。

那似乎是要給失敗的少女們的建議。

「如高掛明月的彩虹般偷竊」、「如滿月般將自己全然投入」。

打開紙張，上面用難看的字跡分別短短地寫了這兩句話。

克勞斯不知為何一臉得意。

「只要遵從我的專業建議，即使是妳們也——」

「你的指導根本讓人感受不到一絲專業意識！」

席薇亞大吼。

◇◇◇

幾個小時後，席薇亞和百合再度來到紡織工廠前。

此時已經超過晚上十點，工廠卻依舊發出悶鈍聲響不停地運作。管理大樓的燈光雖然有一半以上都已熄滅，不過還是有房間的窗戶透出光線，證明了有勞工正在熬夜工作。苛待員工似乎是這裡的社長的經營方針。

百合向身旁的人物詢問。

「『鳳』對這間工廠的了解程度有多少？」

「無所不知。」

簡短回答的是裝扮成清潔工的溫德。

他聽說從半個月前，便以管理大樓的兼職清潔工身分來此臥底。透過他的門路，席薇亞等人很輕易地就進入廠區。

之後，她們在溫德的引導下走在工廠內。雖然只是沿著暗處前進，卻自然而然地沒有與人錯身而過。

順道一提，裘兒是獨自分頭行動，席薇亞、百合、溫德三人則是一起潛入。

「潛藏在這間紡織工廠背後的，是當地的黑幫。龍沖這裡的人，非常清楚情報能夠變成金錢。他們收買世界各國的外交官，將從其口中套出來的情報賣出，堪稱是專門販賣機密情報的零售業者。而他們的偽裝，就是這間紡織工廠。」

溫德出乎意料地仔細解說。

儘管態度冷淡，他卻將所需情報全部依序分享給少女們。

「因為他們在此紮根已久，所以城裡到處都有他們的眼線，跟蹤的一舉一動都有可能致命。妳們想找的機密文件好像已經被移到別的地方去了。」

接著換席薇亞提問。

「這個我們知道了。所以，你打算怎麼做？要怎麼查出文件被藏去哪裡？說實在的，我們連應該要逼誰吐實都不知道。」

「……是啊。拜妳們引發的騷動所賜，工廠內的保全變得更加森嚴，我們精心準備的計畫也因此泡湯。」

「唔！關於這一點，真的很抱歉……」

「我要選擇稍微強硬的手段。反正我們本來也就有準備那個計畫。」

說著說著，一行人來到管理大樓的正下方。

溫德緩緩撿起地上一顆拳頭大的石頭。

「……對了，金髮女後來怎麼樣了？」他喃喃嘀咕了一句。

「嗯？」

「就是那個小鬼。妳之前不是揹著她嗎？」

溫德依舊面無表情地注視著席薇亞。

他好像相當在意愛爾娜的事情。

「她在任務中昏迷，到現在還沒醒來。她是在社長室遭到疑似炸彈的物品攻擊……說到這裡，那是什麼？是你設下的陷阱嗎？」

「……不，我不知道。大概是有別的原因吧。」

他微妙地停頓一會兒才回答。不知道那代表著什麼意思。

溫德像在確認撿起的石頭形狀一樣，放在手裡轉動。

「不過，我知道了。我會代替缺席的金髮女完成任務。」

話才說完，溫德隨即將那顆石頭扔向管理大樓的窗戶。

「「！」」席薇亞和百合同時大驚失色。

（這傢伙在做什麼啊——？）

窗戶破裂，接著果不其然，告知緊急狀況發生的鈴聲轟然大作。

警鈴大響，警衛朝這邊跑來的腳步聲傳來。

「沒什麼好吃驚的。在取得情報之前，敵人也不會隨便殺死可疑人物。」

面對少女們驚愕的目光，溫德依舊一派泰然。

「安靜看著吧——我們『鳳』的做法。」

他的語氣從容得令人毛骨悚然。

一如溫德所計畫的，席薇亞等人被趕來的警衛逮到了。

本來最壞的情況是被直接移交給警察，可是他們卻沒有選擇那麼做，而是將席薇亞等人帶到管理大樓內。

近看之下才發現，紡織工廠內的警衛顯然都不是什麼正經的好人。他們可能是黑幫的小嘍囉吧，懷裡似乎還藏有手槍。

警衛將席薇亞等人的雙手用繩子反綁在背後，將她們帶到了某個房間。

「這裡……」百合低喃。「是社長室？」

三人被推進去的地方，是白天的社長室。

地毯和大半的美術品被燒得焦黑，炭臭味瀰漫整個房間。不過好像還是有大致清掃過一遍，房間中央空出了很大的空間。

溫德一臉淡定，好像早就料到會被帶來這裡了。

啊啊，是這樣啊。席薇亞想通了。

保全系統嚴密的社長室是接近密室的空間。外面的工廠勞工無法接近，而無論裡面的人怎麼慘叫聲音也傳不出去，是最適合用來拷問的空間。這些傢伙大概是不希望警方介入，打算自行盤問吧。

席薇亞等人被粗魯地扔在社長室的地板上。

房內聚集了十個男人，其中還有人臉上露出嗜虐的笑意。他們可能對於能夠順利逮到人感到很高興吧。

不久，一陣叩叩叩的高跟鞋聲從男人們之間響起，一名女性現身。

「真沒想到抓到的會是你們這樣的年輕人。」

席薇亞認得現身的女性。

她是紡織工廠的社長祕書。那名身穿貼身套裝的妙齡女性，渾身散發出生存在暴力世界中的人特有的氣息。看來，這間工廠和當地黑幫果然有著密切的關係。

「………」

面對女性的現身，溫德一臉無趣地閉上眼睛。

「你就是首領嗎？」

女祕書戲謔地笑道。

「白天在社長室引發小火災的也是你們？是這樣嗎？沒想到你們居然會假扮成清潔工。是誰僱用你們的？」

「鬼才要告訴妳。」溫德依然閉著眼睛回答。

「很遺憾，你的態度不正確。已經有好幾個不肯合作的間諜死在這裡了。」

女祕書這麼說完，立刻就有一名她的部下走上前來，手裡還握著鐵鞭。他先是毆打溫德的頭部，接著就開始亂打一通。鐵塊一次又一次地落在他身上，鐵和骨頭相撞的悶鈍聲一再響起。

不久，揮舞鐵鞭的男人像是累了地停下手。

席薇亞和百合完全錯愕到說不出話來。

心裡只覺得故意讓自己一行人被逮的手法果然是錯的。

「做得太過火了？」

女祕書心滿意足地說。

「是不是打得太凶啦？是這樣嗎？算了，就算男的真的死了，還是可以逼問其他少女——」

「——果然無聊透頂。」

溫德坐起上半身。

周圍的男人們不禁驚呼。

接著，溫德在雙手遭到綑綁的狀態下站起來，身體絲毫沒有失去平衡。他一副若無其事的樣子，全身上下更是不見任何傷痕。

「……為什麼你被打得那麼慘卻毫髮無傷？」

女祕書的聲音中帶著驚愕之情。

席薇亞知道那種技術。那是克勞斯也好幾度展現過，將所有衝擊力順勢擋開的技術。儘管在旁人看來好像挨打了，但事實上本人完全沒有受到傷害。不過，席薇亞以前從未見過像溫德這般高超的手法。

「……枉費我還特地等了一下，結果出現的是妳這種程度的人物。」

溫德微微地嘆息。

「真掃興啊。竟然有機會盡情毆打我，妳可要把這當成是一種榮幸。」

「你從剛才就在碎唸什麼──」

「我問妳──」溫德說道。「──妳不覺得從剛才開始就很熱嗎？」

隨後，一道女性的叫喊聲傳來。

「失火了！火燒到這邊來了！」

小嘍囉男子慌張地衝出房間，然後急忙回報：「是真的！真的燒起來了！」

社長室裡的幫派分子們瞬間停止行動。

所有人都陷入混亂狀態。

有太多事情必須思考了──應該馬上逃離嗎？應該馬上殺死抓到的間諜們嗎──突如其來的異常事態讓所有人動腦思索。

彷彿在嘲笑那段空白似的，「這下更無趣了」的說話聲響起。

「代號『飛禽』——啃咬剜挖的時間到了。」

是溫德。

雙手遭到綑綁的他，身體宛如擺脫重力一般浮了起來。

——鮮血飛濺。

首先被砍傷的，是手持鐵鞭的男人。男人錯愕地發出「咦？」的呼聲。他的喉嚨被藏在溫德鞋子裡的刀子割破。

這是席薇亞第二次目睹那項技術。

全身有如彈簧一般。無論什麼樣的姿勢，都只憑著手臂和腿的肌力跳躍，並且以跳舞般的姿態揮舞利刃。出乎意料、任誰都無法應對的絕妙刀術！

——凌駕培育學校所有學生之上的男人的神技。

一轉眼，已經有兩個在溫德身旁的人被砍。

不知不覺間，溫德身上的束縛已然解除。

當溫德再次跳躍之時，刀子又刺中了另外一人的心臟。其他男人拿出手槍，想要突襲飄浮在空中的溫德，結果只見溫德將遺體當成踏腳石一踢，移動到別的地方。

溫德恣意地在社長室裡彈跳，揮舞刀子。

「快、快逃！」某人大喊。「就算待在這裡，最後也會被燒死！」

好比潰堤一般，社長室裡的人全都湧向出入口。

晚了一拍解除束縛的百合喊道「你們別想逃！」，同時取出手槍。

「別追了，銀髮。」

可是，溫德卻阻止百合追擊。

「那群傢伙是笨蛋，完全忘了白天上蠟的人是誰。」

隨後，空氣迸裂的聲音響起，男人們的慘叫聲跟著傳來。

那是被熊熊大火燃燒的聲音。

席薇亞明白了。

溫德從一開始的目的就是製造這場火災。他在可燃性的蠟中混入藥品，製造出有如導火線的火焰路徑。縱火的人應該是裘兒吧。回頭想想，起初報告「失火了！」的似乎就是她的聲音。

注意到時，社長室裡只剩下席薇亞等人和女祕書。

「就只剩下妳一人了。」

溫德將刀子放在手中轉動把玩。

「開、開什麼玩笑……」女祕書兩腿一軟，跌坐在地上。「給我被燒死吧……你們幾個也要一起陪葬……」

「這間社長室具備耐火性，而且火的延燒方向也已經獲得控制。我們要死於一氧化碳中毒，還需要好一段時間。」

「唔……」

「妳應該知道機密文件在哪裡吧？只要說出來，我就饒妳一命。」

女祕書起先一臉不甘心地緊咬嘴唇，但沒多久便像是死了心地嘟噥「……我知道了啦」，說出機密文件的所在之處。大概是因為恐懼吧，她的語速相當快。最後，她連黑幫老大的藏身地點也一併供出，呻吟似的說「……我知道的就這些了」。

「這樣啊。既然如此，那妳沒有用處了。」

溫德拿起刀子。

「咦？」

「妳真以為我會讓妳活命嗎？」

溫德淡淡地說完，將刀子向上舉起。

「兩個月前，妳的部下害一名高貴的女性死去。她為了保護平民的孩子被子彈擊中，喪失性命。那是我一生難以抹滅的憾事。」

「等等！」女祕書大喊。「我也有兒子和兩個女兒——」

「給我乾脆地死去吧。」

溫德往下一揮擲出的刀子，筆直地插進她的喉嚨。

女祕書瞪大雙眼，身體在一陣痙攣之後無力地癱倒在地。

席薇亞和百合只能在一旁注視那幅景象。

臥底技術、身體能力、計算能力、冷酷的心理——一切都是如此完美。

取得機密文件的情報，見到溫德等人模樣的人全數死亡。

溫德曾說：「看看我們的做法吧。」

最後事實證明，他們的手法確實乾脆俐落。

◇◇◇

愛爾娜是在清晨時分醒來。

正好就在席薇亞等人離開工廠後沒多久。她們一回到據點，還醒著的安妮特立刻開心地前來報告「愛爾娜醒來了！」。

席薇亞和百合爭先恐後地衝進寢室，見到在床上接受緹雅照顧的愛爾娜，兩人發出「唔喔喔喔喔！」的無意義吼叫聲，一邊摟著愛爾娜的脖子，瘋狂戳她的臉頰。等到愛爾娜開始發出「好、好難受呢……！」的哀號，她們又改成將愛爾娜整個人抬起來，結果就被緹雅喝斥「她需要徹底靜養！」。

情緒過於激動的席薇亞和百合緩緩地深呼吸。

「妳沒事嗎？沒有喪失記憶嗎？」百合這麼問。

「被人期待發生那種事情也挺困擾的呢。」愛爾娜回答。

「席薇亞的特徵是什麼？」

「有點笨笨的。」

席薇亞一言不發地輕捏愛爾娜的臉頰，愛爾娜則一副覺得舒服地發出「呢～」的呻吟。

看樣子，她的腦部似乎沒有異常，成員們無不放下心中大石。

她們原本擔心會發生什麼狀況，不過這下總算可以鬆口氣了。

「對、對了！」愛爾娜突然大聲嚷嚷。「任務後來怎麼樣了呢？」

她似乎相當擔心，語氣顯得咄咄逼人。

圍繞在她身旁的少女們瞬間停止動作。

「呃……嗯，關於這件事……」席薇亞不知所措地眼神飄移。

「需要解釋的地方實在有點多耶。」百合苦笑著說。

拋下一句「總之用看的比較快」，席薇亞等人將愛爾娜帶到餐廳。她儘管一頭霧水仍乖乖地跟她們走。

早晨微暗的餐廳裡，有兩個人坐在位子上。

「……是金髮女啊。」

「啊，妳就是愛爾娜？幸會，請多指教喔。」

是溫德和裘兒。

他們達成任務後為了向克勞斯報告，於是來到據點，現在正在吃緹雅準備的三明治當作早餐。溫德用食物塞滿整個嘴巴，裘兒則一副心緒不寧地小口小口吃。

席薇亞和百合向神情困惑的愛爾娜說明「鳳」的存在，以及他們在管理大樓的工廠達成的任務。

「哎呀，他們真的很厲害喔！就像施展魔法般一下就解決了呢！」

「就是說啊！厲害到讓我嚇一大跳！」

席薇亞和百合比手畫腳地敘述他們的本領。

她們興奮地劈哩啪啦說個不停，激動的態度讓愛爾娜都不知所措了。

「這次讓我重新體認到，培育學校的頂尖高手果然厲害！」

「沒錯，我還是第一次見到除了老師以外那麼厲害的間諜！」

那是純粹發自內心的讚賞。

溫德殺人這件事雖然令人驚愕，但是從客觀的角度來看，也能理解那是無可奈何之下的舉措。他殺死的，全是罪大惡極的幫派分子。

而最令人激賞的，是他們經過縝密計算的手法。

（也罷，既然都目睹那樣的本領了，就算不甘心，也只能承認他們確實厲害。）

儘管心情複雜，席薇亞也只能心服口服。

（坦白說，他們的實力無疑在我們之上。）

只能捨棄競爭意識了。身為菁英，他們確實身懷無可挑剔的技能。

「那、那個……你們是溫德先生、裘兒小姐……對吧？」

愛爾娜好像也總算理解狀況了。

怕生的她，畏畏縮縮地向他們低頭致謝。

「非常感謝兩位代替愛爾娜達成任務呢。」

「沒什麼好謝的。」

溫德冷淡地回應。

他看著少女們群聚的餐桌，一副厭煩地說了句「我討厭吵鬧」便抓起一塊三明治站起身，好像要去別的地方吃。

裘兒見到少女們神情困惑，連忙「別放在心上，溫德平常就是那個樣子」地打圓場。

之後，百合等人也開始吃早餐。

太陽緩緩升起，從餐廳可以清楚望見逐漸變換成紫色的天空。眾人沉浸在任務結束後的美好成就感中，大啖三明治。

話題的中心依舊是「鳳」。

少女們圍繞著裘兒，對她投以各式各樣的讚美之詞。

「不過妳們這麼吹捧『鳳』，也挺讓人不知如何是好呢。」

途中，裘兒表情害臊地撓撓臉頰。

「因為『燈火』其實也不差，不是嗎？被過度誇獎反而讓人覺得坐立不安。」

「咦？是嗎？」席薇亞偏著頭問。

「嗯。根據我所聽說的，妳們只是個人特色比較突出，實際上擁有足以從培育學校畢業的實力。好難相信妳們原本是吊車尾的學生，妳們真是太了不起了。」

「謝、謝謝。」席薇亞點頭道謝。

不常聽見的稱讚，令少女們不禁臉頰發燙。

她們好久沒有被克勞斯以外的人誇獎了。

「可是，實際上我們卻老是失敗。」緹雅加入對話。「說來丟臉，其實現在的我們做起事來並不順利。究竟是哪裡出了問題呢？」

「哪有什麼問題，那不是很正常的嗎？」

「正常？」

「嗯。『燈火』達到了足以從培育學校畢業的水準，我認為這是很了不起的事，可是那畢竟只是這個世界的起點，當然沒辦法立刻就表現得很活躍啊。」

「啊，這倒是。」

「我想，也許是妳們之前進行得太順利了吧。」

面對這番中肯的分析，少女們無言以對。

聽到克勞斯說「可以從培育學校畢業了」時，少女們欣喜若狂，但那也不過是達到間諜的最低水準罷了。

少女們還只是踏出最初的一步而已。

「況且，我們也不是所有任務都能成功達成，也是有過慘痛的失敗經驗喔。」

裘兒像在回顧過去般撫摸茶杯的杯緣。

「願聞其詳。」緹雅這麼說。

「嗯，好啊，那就慢慢聊吧。」

裘兒爽快地答應。

「好久沒有像這樣和團隊以外的同年代的人說話，我也覺得很高興呢。那麼，我們就彼此聊一聊從前挑戰過什麼樣的任務吧。」

少女們將椅子移動到她的周圍，專心聆聽裘兒說話。對於菁英們執行過的任務，她們自然是充滿了好奇心。
空間裡瀰漫著非常和諧的氣氛。
因此，她們完全沒有留意到溫德遲遲沒有回來。

◇◇◇

克勞斯也已經自任務返回，在書房裡稍事休息。
他一邊吃著雞肉白粥這道龍沖式的早餐，一邊翻閱手邊的資料。那是結束深夜的任務之後，透過海鳴取得的「鳳」的資料。
基本上，間諜不會知道其他團隊的動向，這是為了防止情報外流所採取的對策。除了「炬光」基德、「紅爐」費洛妮卡這些超級老手外，有辦法掌握全國間諜網的人就只有間諜頭子C。
即使是克勞斯，他能夠在短時間內取得的情報也僅有少數。
但儘管如此，從那份資料仍能看出「鳳」的高度潛力。
（他們的確是一支優秀的團隊。總而言之就是沒有弱點。）
他們和「燈火」有著極大差異。
相較於優缺點分明的「燈火」，「鳳」的成員則是沒有缺點。他們似乎累積了紮實的訓練，讓自己無論挑戰何種任務都能夠臨機應變。

而其中能力最為突出的是——

（畢業考成績第一名的「飛禽」溫德……真想不到在培育學校裡，竟有像他那樣實力堅強的人。基德應該不會漏掉他才對……莫非他是這兩年內入學的？）

全身驚人的彈性和刀術，以及出色的演技。雖然沒有特別新奇之處，卻感覺得出來他的基礎能力相當高。和憑藉獨一無二的特技作戰的「燈火」成員形成對比。

目前似乎是由他擔任「鳳」的領導人。

（然後是畢業考成績第四名的「鼓翼」裘兒……她明明感覺是一名相當優秀的後衛，但也才排名第四啊。）

從他們的資料，可以預料到其他尚未直接碰面的四人的實力。

恐怕第二名、第三名、第五名、第六名的成員，也都擁有遠遠高於「燈火」平均值的本領。

（就算刻意低估他們的實力，「燈火」內能夠與之抗衡的也只有莫妮卡、葛蕾特……安妮特雖然只要拿出幹勁也有可能，不過她實在是太隨興了……其他成員則是處於劣勢……）

這是從客觀角度對兩隊做出的評價。

至少就成員的綜合實力來看，「燈火」確實大大不如「鳳」。

會對此感到不甘心，是自己身為教官的自尊在作祟嗎？

（……「燈火」和「鳳」究竟是哪裡不一樣？）

克勞斯凝視著資料。

（為了讓她們提升，必要的東西是——）

正當克勞斯瀏覽那份資料時，有人敲了書房的門。

不一會兒，溫德從門後探頭。

「什麼事？」克勞斯主動先開口。

「……我有件小事想跟你說。」溫德說。「現在方便耽誤你一點時間嗎？」

「好啊，可以。」

「謝謝。那麼我就長話短說了。」

他微微點頭，站在克勞斯的正面。接著他將頭髮往上一撥，以鄭重的態度注視著克勞斯。

「坦白說，已經沒救了——你的團隊比垃圾還不如。」

那便是他劈頭說出的第一句話。

◇◇◇

裘兒的敘事手法十分巧妙。

她以淺顯易懂的方式，描述「鳳」至今執行過的任務。不僅讓人時而緊張得掌心冒汗、時而大快人心，更重要的是學到了好多。「鳳」的成員們之間，存在著根深蒂固的競爭意識。他們彼此競爭的帥氣生存之道，令少女們為之崇拜。

說完後，裘兒一臉難為情、靦腆地說「大概就是這些了」。

一直在旁邊認真聆聽，還用功做筆記的百合站起身來。

「太厲害了，我真的學到了好多！」

她一邊這麼大喊，一邊用力握住裘兒的手不停搖晃。

其他少女們也完全聽到入迷。

愛爾娜送上小小的掌聲。安妮特也彷彿發現有趣事物般雙眼發亮，並且將自己親手製造、花生米大小的手槍交給裘兒。她好像是想送給裘兒當作謝禮。

「感覺好不可思議喔。」

裘兒像在哄孩子似的撫摸安妮特的頭。

「居然能夠在離培育學校這麼遠的地方遇見同胞，好像命中注定的一樣……」

「對了……」百合問道。「裘兒小姐，妳以前有和『燈火』的誰讀過同所培育學校嗎？」

順帶一提，「燈火」的所有成員都來自不同的培育學校。

裘兒歪著頭說「呃，不曉得耶……」。

「順帶一提，現在不在場的是『愛娘』、『冰刃』、『草原』這三人。」

「不可以這麼隨便就把情報講出來啦……」

稍微叮囑百合之後，裘兒像在回溯記憶似的將視線往右上方飄去。

「嗯，我好像是跟『愛娘』同所學校。不過我們沒有什麼交集就是了。」

她這麼說道。

「原來如此！」少女們恍然大悟。說不定「鳳」的其他成員之中，也有人和「燈火」以前就讀同所培育學校。

裘兒神情有些落寞地觸碰瀏海。

「吶，我問妳們。」

「嗯？」

「妳們不會想要回到比較安全的地方去嗎？」

聽到她突然這麼問，席薇亞等人同時疑惑地偏頭。

「我今天再次體認到……」裘兒開口。「妳們幾個真的都是好人。所以，我不希望妳們死去，想要妳們好好地活下去。」

「這樣啊……這個嘛，能夠安全度日當然是再好不過……」

不太明白這個問題的用意，百合模稜兩可地回答。

「就是說嘛。」裘兒一臉安心地點頭。「既然如此那就好。」

這時，席薇亞察覺到哪裡怪怪的。

不祥的預感纏繞全身。

配合執行共同任務的「鳳」，對敵人懷抱深沉怨念的溫德。提及失敗時，神情哀傷的裘兒。以及沒有在協調任務時現身的「鳳」的老大——這些不自然之處的起因是什麼？

搶先席薇亞做出反應的是緹雅。

「……吶，我可以問妳一個問題嗎？」

她像要打斷對話地提出疑問。

「『鳳』的老大是什麼樣的人？妳們老大現在人在哪裡？」

「『圓空』亞蒂。」裘兒回答。「她是我的偶像喔。她過去是一名足智多謀、個性開朗，非常了不起的女性。」

「過去？」

「她死了。就在兩個月前。」

席薇亞等人愕然失語。

溫德在女祕書面前提到的「高貴女性」，原來就是「鳳」的老大。

少女們心中首先產生的，是對他們的憐憫之情。

「所以『鳳』是在沒有老大的情況下繼續活動嗎……？」百合憂心地問。

「嗯，因為人手不足的關係，遲遲無法確定下一任老大的人選，於是就靠大家彼此合作。尤其多虧溫德發揮領導能力，努力地帶領整個團隊。」

「……他之所以那麼嚴厲，想必是因為太過緊繃的關係吧。」

「我是這麼認為的。不過不要緊，現在已經不需要擔心了。」

裘兒邊說邊摘下眼鏡的舉動莫名可疑。

那副模樣，簡直像在嘲諷地說「成功爭取完時間了」。

「因為終於出現了——適合成為我們新老大的人選。」

聽了那句話，少女們這才終於想到。

想到溫德從剛才就一直沒回來這件事。

◇◇◇

由席薇亞打先鋒，少女們拔腿衝向克勞斯的書房。

以彷彿要撞壞門的氣勢闖入後，不小心絆到腳的五人在地上跌成一團。

室內，溫德靜靜地俯視少女們。

「……妳們這群人真的好吵鬧。」

他將兩手插在口袋裡，擺出一副瞧不起人的姿勢。

在他的正面，克勞斯板著一張臉，一副好像被告知對他而言不甚愉快的事情似的。

少女們站起來，對溫德投以凌厲的目光。

「看來妳們已經察覺到了。」

溫德語帶不屑地說。

「我剛才已經交涉完畢了。也就是要求燎火——成為我們的老大。」

眼見事情果真如自己所料，少女們不禁屏息。在此同時，她們也對他親暱地稱呼克勞斯「燎火」感到憤怒。

百合向前一步。

「你、你為什麼要這麼做……？」

「這沒什麼好奇怪的。」溫德的口氣十分冷淡。「反而應該說是合理的判斷。燎火應該和更優秀的間諜合作，而不是一直扯他後腿的妳們。」

溫德的眼眸沒有半點笑意，他用銳利而嚴厲的目光直視少女們。

他的發言戳中了「燈火」的要害。

正因為有自覺，所以才心痛。

考慮到自己國家的利益，克勞斯的確應該專注於任務才對。可是現在的他，這名對外情報室引以為傲的最強間諜，卻將時間花在訓練少女們，還有替她們收拾爛攤子上。

而少女們對這樣的現狀視若無睹，一直依賴著他。

「可、可是……」百合反駁。「就算是這樣，為什麼他要成為你們的老大？」

「依現狀來看，『鳳』的實力水準遠遠高於『燈火』。這一點，我們應該已經展示給妳們看了。」

他指的大概是昨晚的任務吧。

他們輕易達成了席薇亞和愛爾娜搞砸的任務。

「妳們不僅搞砸那種程度的任務，還有一人失去意識，陷入窘境。最後，甚至還落到讓燎火特地趕來救援的地步。這不叫礙手礙腳叫做什麼？」

愛爾娜難受地發出「嗚」的低吟。

「反觀我們則是獨力達成。沒有比這更顯而易懂的證明了。」

「打從一開始，你的目的就是那個吧。」席薇亞立刻嚷嚷。「說什麼要代替愛爾娜完成任務，居然做這種乘虛而入的事情。」

「是被乘虛而入的妳們不對。」

溫德朝少女們抬起下巴。

「在情報沒有被洩漏給加爾迦多帝國的間諜中，現在表現最出色的是我們。燎火和『鳳』合作才是對國家有益的事情——事情就是這麼簡單。」

「各、各位。」

在少女們背後的裘兒也出聲。

「我認為這絕對不是一件壞事。『燈火』要不要暫時退出前線呢？現在的妳們雖然有所成長，可是還是太不穩定了。這樣很危險的呀。」

所以，她接著說。

「——妳們要不要回培育學校去呢？」

彷彿在安慰人的語氣。

沒有敵對情緒，好像在主張這是完全屏除私情所做出的判斷。

那副態度令少女們的身體頓時發熱。說什麼成長，裘兒肯定沒有對等地看待少女們。她恐怕是一邊沉浸在優越感中，一邊對她們送上讚美吧。

她那像在勸導不聽話的孩子的眼神，觸怒了少女們。

「老、老師是怎麼想的？」

百合展開話題。

「你接受這種亂七八糟的提議了嗎？」

在溫德等人說話的期間，克勞斯始終在旁邊不發一語。

少女們滿懷期待。心想如果是他，應該會否定溫德二人的提議，堅決表示要當少女們的老大。

「至少——」可是克勞斯的表情卻十分僵硬。「我同意了。」

「——！」

「實際上，他的話確實有理。就現狀來看，我成為『鳳』的老大是最好的選擇。最優秀的老大和部下攜手合作，完成任務。這樣才是為了祖國好。」

克勞斯的眼眸前所未有地黯淡混濁。

「然後失去老大的妳們，還是暫時回去培育學校比較好。」

冷若冰霜的話語。

少女們感覺到一陣寒意竄過背脊。

他的態度——是以身為間諜的冷靜判斷為重。

「我也已經接受相應的回報了。溫德將『燈火』所缺乏的技術告訴我。那真的相當有意思喔，算是我離開之前送給妳們的最後餞別禮物。」

「事情就是這樣。」

溫德微微點頭。

「交涉已經結束了。妳們要是覺得不滿，就以有邏輯而且合理、能夠讓我們接受的話來說明。給我說出身為間諜該說的話。」

溫德的目光嚴厲。

「如果說不出來，就將妳們的老大——交出來。」

「…………！」

席薇亞等人倒吸一口氣，一時之間全都無言以對。

就只有想要駁倒溫德的情緒空轉，讓腦袋不停發熱。

——究竟該說什麼才好？

說我們和克勞斯比較合得來？不，那種事情無法客觀地表現，而且也無法否定克勞斯和「鳳」契合的可能性。說我們有過去達成不可能任務的實績？可是，這三個月來我們接連失敗，老是扯克勞斯的後腿。還是說「燈火」也有莫妮卡、葛蕾特這樣優秀的成員呢？這也不是好辦法，屆時只會讓莫妮卡和葛蕾特也一起轉而加入「鳳」。

說不出身為間諜該說的話。

但是，再這樣下去「燈火」將會瓦解。

——克勞斯會離開「燈火」，少女們則會回到培育學校，所有人分道揚鑣。
一想像那樣的未來，就有一股彷彿心上破了大洞似的悲哀湧現。
可是，席薇亞等人卻只能讓嘴巴一開一合，想不出方法反駁對方，
溫德一臉無趣地說：
「看來妳們是沒有話要反駁了。既然如此，我就直接向上頭提議——」
「有啊。」
一道清亮的聲音打斷他的話。
「你這人可真會自說自話耶。像你這種急性子的男人實在不是我喜歡的類型。」
緹雅露出無畏的笑容。
她將自己的頭髮一撥，推開百合往前走一步。
「哦？」溫德抬起下巴。「妳想說什麼？」
「就是你喜歡的那種合情合理、身為間諜該說的話。」
「那是什麼？」
「我不跟你爭辯。老師就給你——去當『鳳』的老大吧。」
在場少女無不瞠目結舌。
溫德神色納悶地皺起眉頭。

「很高興見到妳這麼明事理，雖然感覺妳似乎別有用心。」

「我才沒有呢。」緹雅沉穩地微笑。「只不過，交接的事情你打算怎麼辦？」

「交接？」

「是啊，沒有錯。席薇亞、百合，妳們把昨晚的紙拿出來。」

起初，席薇亞還搞不懂緹雅在說什麼，直到她把手伸進口袋才終於想起來。百合也跟著將紙拿出來。

緹雅將兩張紙一併交給溫德。

「這是昨晚老師交給她們兩人的指示書。」

「……指示書？」

「只要看過這個，你就會明白即使是你也需要交接了。」

紙上寫著奇怪的建議。

──「如高掛明月的彩虹般偷竊」、「如滿月般將自己全然投入」。

「………………嗄？」

溫德眉頭深鎖。

探頭窺視紙張的裘兒也瞪大眼睛，發出「唔啊」的哀號。

「老師這個人超級不擅長說明的。」緹雅一副耀武揚威地說。

沒錯，克勞斯很不擅長傳授間諜相關的技術。當然，就連針對任務下達具體的指揮命令，他也同樣辦不到。

「所以我認為需要交接，你覺得呢？」緹雅笑著這麼問。

溫德捏著指示書，默默地轉身。

「……燎火，這真的是你寫的？」

「正是。」

「這是詩嗎？」

「是我給她們的建議。」

「特地寫成暗號的用意是什麼？」

「那並不是暗號。」

「…………………………」

這下實在讓人不由得同情溫德了。他大概完全沒料到會遇上這種事吧。

緹雅像在勸導一般溫柔地說。

「要在世界最強的間諜手下做事是需要訣竅的。如何？要不要在這件任務結束之前跟我們一起行動，當作交接期呢？」

完全像是在替對方著想的措詞。

溫德默默地陷入沉思。他帶著僵硬的表情，交替望向克勞斯和指示書，然後靜靜地吐氣，嘖了一聲。

「……我明白了，我同意妳的提議。」

「好，我會仔細教導的。」

「妳可要為了我們好好努力。」溫德說。「畢竟距離任務達成只剩下短暫的時間。」

面對這般挑釁的話，緹雅的眼角微微抽動。

但也僅止如此，她並沒有打破友好的立場。

溫德拋下一句「話題到此結束」便朝書房外走去。途中，他和席薇亞、百合二人互相瞪視。

裘兒也慢了一拍才說「那個，妳們真的不要不開心喔？」，跟著就準備離開。

「吶，可以跟你確認一件事嗎？」

緹雅出聲。

「嗯？」溫德停下腳步。「什麼事？」

「只是一點小事啦。我問你，假使交接期間『燈火』的表現在『鳳』之上，這件事就會一筆勾銷對吧？因為整件事的前提不成立了嘛。」

「這是杞人憂天。絕對不可能發生那種事。」

最後又彼此唇槍舌戰了一番，溫德和裘兒離開別墅。

玄關大門被重重地關上。

「「「……………………………………………………………………」」」

少女們有好一會都開不了口。

她們必須慢慢消化緹雅和溫德之間那段對話的意思。

不久，緹雅重重地嘆息，泛起微笑。

「──你不介意我這麼做吧，老師？」

「妳做得一點都沒錯，緹雅──好極了。」

少女們沸騰歡呼「緹雅啊啊啊啊啊啊！」，一面跑過去撲向她。百合摟住她的脖子，席薇亞拍打她的肩膀。愛爾娜和安妮特則是用頭往她的肚子鑽。

一記妙招。

總算是勉強撐過去了。少女們迴避掉當場失去克勞斯這個最糟糕的結局，爭取到了時間。

交涉的基礎──不是駁倒對方，而是提出妥協點。

緹雅成功辦到了那一點。克勞斯現在依舊是「燈火」的老大。

克勞斯鼓掌。

「幸好有妳開口，否則由我提出交接這件事會很不自然。」

「我不是說過嗎？我要成為你的搭檔。」

緹雅一臉難為情地說。

「要是連這點默契都沒有，我哪有資格待在你身邊呢。」

之後，少女們繼續對緹雅的身體上下其手好一陣子。得意忘形的百合和安妮特不知為何還搔起她的腋下，讓緹雅非常困擾。

享受過一遍歡慶的氣氛後，席薇亞抬頭。

「可、可是……」

席薇亞望向克勞斯。

「你究竟是怎麼想的？你真的打算要去『鳳』嗎？」

其他少女們也赫然回神，停止騷動。

沒錯，她們只是讓急迫的問題延後發生，事情完全沒有獲得解決。

「……這個嘛，我畢竟是間諜。」

克勞斯點頭。

「我有責任和義務保護『火焰』所深愛的國家。假使那麼做被認為是最好的辦法，我就會斬斷私情，成為『鳳』的老大。然後到時候，失去老大的妳們還是回去培育學校比較好。」

「呢……」愛爾娜在席薇亞身旁低下頭來。

席薇亞能夠深切體會她的心情。

儘管知道自己的想法很天真，卻還是無法完全接受。

不願去思考克勞斯離開大家，整個團隊就此分崩離析的可能性。

雖然很想開口挽留他，可是——

「但是妳們別忘了，我最初選擇的不是『鳳』的那些人，是妳們。」

克勞斯以堅定的口吻說道。

「親自鍛鍊妳們的人是我，妳們會比不知道打哪來的傢伙差嗎？我想應該不會有那種事。既然如此，那麼只要將事實展現出來就好。妳們就把『鳳』當成是成長的踏板吧。」

席薇亞頓時改變了自己的想法。

沒錯，還有辦法可以迴避最糟糕的未來。

只要在交接期間證明就好——證明真正適合待在克勞斯身邊的是我們！

「那是當然的了！」

以愉悅語氣發言的是百合。

「我的鬥志開始燃燒起來了呢。最強無敵的吊車尾，百合覺醒的時刻到了！」

席薇亞也立刻握起拳頭。

「沒錯！我才不要一直輸給那些傢伙哩！」

席薇亞和百合互碰拳頭，其他少女也接著說。
「本小姐還有一大堆想要對大哥嘗試的惡作劇！」
「給、給他們好看呢！愛爾娜不會讓他們把老師搶走的呢！」
緹雅把手擱在胸口上，微笑著說：
「老師，你放心。我一定會超越『鳳』的。呵呵，其實老師你也不願意離開我吧？你已經徹底迷戀上我這副迷人的身體，打算將我和葛蕾特引誘上床——」
「妳這個人可惜就是敗在會言語性騷擾。」
「為什麼嘛！」
「不過，就是那份氣魄。堅定不移的反骨精神，正是妳們的第一件武器。」
他說得沒錯，少女們心想。
不能輸。我們有強大的氣魄。不可以失去克勞斯。鬼才要回去培育學校哩。
一定要贏。
即使對手是培育學校的菁英們也一樣。
「然後，為了讓妳們勝過『鳳』，我剛才打聽到有力情報了。」
克勞斯篤定地說。
「詐術——間諜的作戰方式（風格）。這是妳們沒能達到的，培育學校的最後一堂課。」

2章　詐術

the room is a specialized institution of mission impossible
code name gujin

由迪恩共和國的諜報機關，對外情報室所設立的間諜培育學校共有二十七所。每間學校的學生人數皆超過百人。年齡分布廣，小自八歲、大到二十二歲都有。入學條件是透過分散全國各地的人才挖掘者或間諜推薦。被他們相中的孩子會拋棄戶籍，在與世隔絕的環境中展開住宿生活。

畢業條件是通過每年舉行兩次的畢業考。

多數人都要花上六年才能畢業，不過能夠走到畢業這一步的學生也僅有少數。有八成的學生都會因為定期測驗的成績不佳，而被要求退學。

之所以有許多人被退學的原因，是授課範圍太廣泛了。

學生們被要求把間諜應該學習的基礎知識，一口氣硬塞進腦袋裡。

學會好幾個國家的語言是理所當然的。除此之外，像是能夠潛入任何地方的身體能力、能與任何人交談的對話技巧、演技，以及暗殺用的射擊技術、格鬥術等等，要學的東西不勝枚舉。

星期一早上到星期三中午是野外訓練。學生會被丟到深山裡，被迫徹夜步行幾十公里。星期四和星期五是不間斷的語言課程和文化教養課程，星期六是料理、舞蹈等特殊課程。至於星期日，學生則是幾乎都睡死了。

地獄般的課程安排削弱學生的身心，使得有十分之一的學生會在半年內逃走。而留下來的學生也只要沒能達到定期測驗的最低標準，就會被陸續退學。

在如此嚴苛的培育學校裡，有著透過相反途徑成為間諜的人們。

「鳳」的成員從一開始就很優秀——代表人物是「飛禽」溫德。

他是在十八歲左右進入培育學校。原本隸屬海軍情報部的他表現亮眼，因而被對外情報室的某位重要人物相中。他離開海軍，進入對外情報室的培育學校。不僅輕易通過定期測驗，而且入學才短短一年就決定接受畢業考，最後也確實在各校高層雲集的畢業考上，順利以第一名的成績畢業。

憑著經過磨練的才能和努力，依循正規途徑踏入間諜的世界。

「鳳」的成員多半有著類似的經歷。

反觀「燈火」則十分特殊——代表人物是「花園」百合。

她進入培育學校是在相當年輕的九歲時。對毒物有抵抗力的她一開始備受眾人期待，然而冒失卻成為她的致命缺點。筆試成績優異，實地測驗卻屢屢拿到很差的分數。若非勤勉的訓練態度和特異體質這份可能性受到認同，她早就已經遭到退學了。

其他少女也都和百合有著相似的過往。

「愛娘」葛蕾特雖然擁有優秀的變裝技術，卻十分害怕男性，以致無法善加運用那項特技。而且她還經常出現精神方面的不適，容易病倒。

「草原」莎拉雖然擁有調教技術，卻幾乎不具備間諜的資質。膽小的個性使她連下判斷的速度也很緩慢，入學第一年是因為校方好心才沒將她退學，不過第二年就半確定要被退學了。

「百鬼」席薇亞有著優異的身體能力，可是卻總在筆試上受挫。再加上引發傷害事件的緣故，沒能和周遭其他人合作的她於是成績一落千丈。

「忘我」安妮特無法遵守任何規定，「夢語」緹雅獨自鑽研的房中術訓練引起教官的反感，「冰刃」莫妮卡自從遭遇某個挫折後就開始在訓練時摸魚，「愚人」愛爾娜則因為無法與人溝通交流而遭到孤立。

差點就要遭到退學的她們，不久後被克勞斯相中，來到「燈火」。

「鳳」和「燈火」——形成對比的兩支團隊，如今將在龍沖正面交鋒。

◇◇◇

「鳳」的據點位在龍沖本土的鬧區。

持續發展的龍沖隨著人口不斷增加，大型公寓於是一棟又一棟地被興建。

這是一棟一樓部分是餐飲店面、樓上幾層是住家，牆壁各個角落都掛滿牙科、中藥廣告招牌的扭曲建築。

「鳳」租下了其中一個房間。男女共六人雖然擁擠地住在一間套房裡，不過因為六人經常外出，不會同時齊聚一堂，所以倒也沒造成太大的不便。

溫德和裘兒回到公寓時，房間裡也沒有半個人影。

他一回到房間便用力捶打牆壁，擺在地板上的啤酒瓶都被震得倒下來。

「……可惡的燎火。」他輕嘖一聲。

裘兒疑惑地發出「咦？」的驚呼。

這還是她第一次見到溫德如此露骨地顯露怒氣。

「克勞斯老師做了什麼嗎？」

「那個男人打算利用我們來鍛鍊他的部下。」

溫德在雙層床的第一層坐下。

「他大概打從一開始就想利用我們吧。那個男人提出『你們應該有「燈火」還沒學會的技術，告訴我那是什麼』，作為接受我要求的條件。他不是可以蒙騙過去的對象，於是我坦白告訴了他，結果後來就出現那個該死的交接期。」

「……！」

「居然敢瞧不起我。我好久沒被人這樣愚弄了。」

「看來只憑普通方法是搞不定他的。」

表面上看似順利的交易背後，原來暗藏著那樣的心機。

克勞斯雖然看起來一臉溫和，不過性格似乎相當不好對付。

「這樣要不要緊啊？對方會不會爽約？」

「我想應該不至於。只要證明『鳳』比『燈火』優秀，那個男人應該是不會以私情為優先，做出繼續留在『燈火』這種難看的事情來。」

「這麼說來，我們『鳳』要做的事情是──」

「還是一樣，就是證明『鳳』在『燈火』之上。僅此而已。」

整理完情報之後，溫德嘀咕一句「……總之來睡覺吧」，便從冰箱取出瓶裝啤酒。他一邊吃著不知誰吃剩的小籠包，一邊用啤酒將食物沖下肚。

簡單地打發完一餐，溫德就直接開始脫衣服。

裘兒一邊用玻璃杯喝葡萄汁，一邊翻著白眼、沒好氣地說「我也在耶」，但是他卻滿不在乎地應了一聲「妳也差不多該習慣了」，自顧自地將上衣扔進洗衣籃。

裘兒嘟噥一句「男人怎麼都這麼隨便啊」，繼續小口小口地喝著葡萄汁。

「起床之後就要開始行動了。」

溫德裸著上半身這麼說。

「執行任務，同時收集『燈火』的情報。替我轉告其他人，一定要徹底調查清楚。」

「……手段不能溫和一點嗎？有必要這麼認真嗎？」

「不可大意。那群傢伙可是憑那副德性達成了不可能任務，背後一定有什麼原因。」

溫德折響手指的關節。

「絕不留情──我要徹底擊敗『燈火』。」

「……………」

裘兒早已看穿溫德內心的強烈執著。

當然，裘兒也想設法解決「鳳」沒有老大的問題。

雖說是菁英，但「鳳」畢竟是新人，自然希望有經驗豐富的人帶領自己。

可是，溫德卻表現出除此之外更多的情感。

——好像無論如何都要得到「燎火」一樣。

至於那是為什麼，裘兒也還不清楚。

她本想詢問，溫德卻已經鑽進了被窩。

◇◇◇

在龍沖租房子的不是只有「鳳」。

這裡也是一間小小的套房。不過整體感覺比「鳳」的房間來得寬敞，是因為住在這裡的藍銀髮少女勤於整理的關係。

在晨光照射進來的房內，有三名少女正在用餐。

背離龍沖文化的義大利麵。

藍銀髮少女無論到哪裡工作，都不會改變飲食習慣。向來固執己見的她，若不是同居的褐髮少女是個想法有彈性的人，生活恐怕很快就會亂了套吧。

少女們圍著圓桌而坐。

「『鳳』？為什麼在下不在的時候會發生那種事情啊？」

口氣不滿的藍銀髮少女——「冰刃」莫妮卡。

她是一名身材中等，像是將外表特徵全數消除般的少女。全身上下唯一的特徵，就只有那頭遮住右眼的不對稱髮型。

「培育學校的成績優異者們……嗚嗚，小妹也好怕那種人喔～」

表情不安地哀號的是「草原」莎拉。

少女從壓得很低的報童帽底下，隱約露出微捲的褐髮和小動物般的眼睛。

「就是啊，事情的發展真是出人意料……」

神情憂鬱地這麼喃喃說道的，是紅髮少女「愛娘」葛蕾特。

這名鮑伯頭少女的四肢纖細到好像只要被人粗魯對待就會折斷，渾身散發玻璃工藝品般縹渺虛無的氣息。

這三人之前因為在執行其他任務，所以沒有聽說「鳳」的存在。剛才透過無線電得知這場以克勞斯為賭注的對決之後，三人無不大感吃驚。

其中表情最為苦惱的是葛蕾特。

「沒想到竟會出現別人想搶走老大……雖然考慮到老大的魅力，這也是必然的事情……」

她對克勞斯懷有男女之情，是眾所周知的事實。

莫妮卡一臉嘲諷地搖搖手。

「不過，對方說的其實也沒錯吧？因為實際上，『燈火』確實正在扯克勞斯先生的後腿。」

聽了莫妮卡的話，「話是這麼說沒錯……」葛蕾特回答。「只不過，這下傷腦筋了……我和老大加深情誼的計畫，目前連第一階段都還沒達成……」

「在下姑且問一下，第一階段是什麼？」

「上床。」

「那個計畫是誰想出來的？」

「是緹雅大師。」

「在下這次非揍那女人不可。」

見到莫妮卡開始喀嘰喀嘰地折響手指，莎拉急忙規勸「還、還是先解除葛蕾特前輩的洗腦吧！」，卻沒有特別提及打人這件事。

一如往常地對話互動之後，葛蕾特做出總結。

「……總之，還是去一趟老大的據點，確認狀況吧。」

「這樣比較好。」「收到！」

決定好方針，少女們用完早餐後便動身外出。

她們三人在龍沖，很少有機會去克勞斯所在的據點。因為正在臥底的間諜不應該聚集在同一處，而且她們平常也總是忙於支援別組。

葛蕾特因為終於能見到許久不見的克勞斯，整個人笑瞇瞇的。

三人在街上走著走著，莫妮卡突然提議「要不要來打個賭？」。
「咱們來猜猜看她們幾個現在過得如何吧。就拿宵夜的冰品當作賭注。」
「妳還真喜歡打賭呢～」
莎拉覺得很有趣地用手捂嘴。
「小妹覺得是在訓練。因為為了不輸給『鳳』，現在正是必須努力的時候。」
「是嗎？在下倒覺得被揭開舊傷疤的她們，現在應該正一蹶不振地倒在床上。」
「……我猜，她們應該正努力地想要妨礙對方。既然出現想搶走老大的人了，她們想必會一心一意地設法阻撓吧。」
三人各自做出不同的猜測，抵達克勞斯所居住的別墅。
如果是這個時間，其他少女們應該也在。「燈火」的成員全員集合，已經是兩個星期前的事情了。
莫妮卡敲響裝在入口大門上的門環。
可是卻沒有人從裡面出來。
再敲一次結果還是一樣。只有「鏗、鏗」的敲門聲空虛地高聲響起。
「唔唔唔唔唔唔唔唔唔唔唔唔唔唔唔唔唔唔唔唔唔唔唔～」
動物般的低鳴聲從屋內傳來。

「嗯？」莫妮卡滿腹狐疑地轉動門把。門沒有上鎖。

位於玄關正面的客廳裡，有五名少女正在地板上打滾。

「唔唔唔唔唔唔唔唔唔唔～」在地板上發出低鳴的百合。

「咕嘎啊啊！啊啊啊啊啊！」一邊叫喊、一邊捶打地板的席薇亞。

「當男人的手指觸碰到少女尚未成熟的果實時，忍不住發出淫蕩呻吟的她——」朗讀情色小說的緹雅。

「本小姐……想睡了……」熟睡的安妮特。

「愛爾娜好可愛呢♪呵呵，閃閃發亮呢～」臉上堆滿謎樣笑容的愛爾娜。

一團混亂的景象。

「「「這是什麼啊？」」」

三人異口同聲地說。她們全都猜錯了。

正當她們茫然地呆站在原地，只見愛爾娜嘴裡嘟噥著「呢、呢～愛爾娜很漂亮呢……」一邊朝這邊走來。她的臉色蒼白、眼神失焦，接著在原地轉了兩圈之後，便冷不防倒向一旁。

莎拉大喊一聲「危險！」，連忙將她抱住。

愛爾娜在莎拉的懷裡，發出「呢喔喔喔～」的呻吟。情況顯然相當異常。

莫妮卡皺著眉頭說：「這是在做什麼啊？」

結果，愛爾娜顫抖著蒼白的嘴唇回答。

「試、試著學會詐術呢……」

「「「詐術？」」」三人一字不漏地重複。

那果然對於「燈火」所有人都是未知的概念。

◇◇◇

莫妮卡對在客廳裡打滾的成員潑水，要她們報告現狀。

詐術——那據說是克勞斯從溫德口中打聽到的概念。

『坦白說，我以前從來不知道有這樣的概念。這種概念大概是誕生自培育學校吧。所以，我接下來所說的幾乎都是直接轉述溫德的話。』

他在五名少女面前替她們上了一課。

『首先，所謂詐術是只有培育學校裡快要畢業的學生才會學習到的概念。因為如果沒有一定程度的技術，學了也沒有意義。』

『快要畢業……喔，所以我們才會不知道啊。』

百合插嘴。

「燈火」的所有成員從前都沒能上到這堂課。因為她們全是離有資格接受畢業考還很遠的人，並且在學習詐術之前就被帶到「燈火」了。

『聽起來感覺好厲害，好像什麼奧義一樣！』

『其實沒有那麼困難。所謂詐術，簡單來說就是騙術。』

克勞斯望向少女們。

『妳們以前都是怎麼欺騙敵人的？』

這個意想不到的問題，令少女們個個神情困惑。

『……就隨便騙騙啊。』百合回答。

『感覺就是順其自然地發生了。』席薇亞說。

『本小姐就只是撒了很棒的謊而已！』安妮特這麼說。

『妳們幾個也很不擅長說明耶。』

克勞斯傻眼嘆道。

緹雅吐槽：『大概是受到某人的影響吧。』

『不過，這樣應該很正常吧。因為我自己也從未想過要怎麼騙人，都是不自覺就那麼做了。』

少女們也同意這句話。

就算被問使用了何種騙術，也不知要如何回答。

『但雖然都是騙人，也還是有分種類。憑藉演技、偷竊、道具、躲藏、只說事實、對物品動手腳、假裝不知情、色誘——欺騙的方式可說不勝枚舉。』

這麼說來好像也是，緹雅喃喃地說。

過去少女們好幾度對克勞斯設下騙局，而那些騙局的模式各不相同。若要仔細分類，應該可以分出一百種以上。

『那麼，我要問下一個問題了。』

克勞斯豎起食指說道。

『妳們最能夠發揮實力的騙術是什麼？』

『『『『……………………………………』』』』

少女們一時間回答不出來。

『說不出來嗎？』克勞斯接著說。『但是，妳們應該有在危急時刻，自己所信賴、擅長的騙術才對。又或者說，是能夠與自己的長處連結的騙術。』

克勞斯的語氣開始產生熱度。

話題似乎正逐漸逼近核心。

『難道說所謂的詐術──』

席薇亞開口。

『沒錯。』克勞斯點頭。『所謂詐術──就是和自己的特技最契合的騙術。』

非常單純的概念。

少女們各自都擁有不輸人的特技，甚至堪稱是專精一項技藝的團體。毒物、竊盜、變裝、交涉、調教、工藝、事故。可是，她們卻很難稱得上有巧妙地使用自己的特技。比方說，百合雖好幾度對克勞斯釋放毒氣，卻每次都被他成功避開。

結合特技和欺騙。

當然，少女們有時也會無意識地將兩者結合，卻從來不曾刻意那麼做。

『讓我來舉個具體的例子吧。』克勞斯說。『比方以溫德的詐術為例。』

少女們『喔！』了一聲，探身向前。

她們已二度見識到溫德身為間諜的強大。就連當時不在場的少女，也不得不認同他的實力。

克勞斯在手邊的紙上，寫下方程式一般的文字。

『「刀術」×「假裝輸掉」──反擊瞬殺。』

『…………』

『這就是令溫德如此強大的機關。』

少女們凝視著那道式子。

百合微微舉手。

『假裝輸掉就是溫德先生的詐術嗎？』

『好像是。他本人是這麼說的。』

克勞斯回答。

『這是簡單卻又強大的招數。要活用刀術這項特技，首先必須接近敵人，而在這背後，需要有高超的演技予以支撐。假裝輸掉、接近對方，再憑著彈簧般的跳躍力瞬間打倒敵人。他就是靠著這招達成多項任務。』

席薇亞和百合曾在現場目擊，所以能夠理解。

行雲流水般的技術。

實際上，中了溫德圈套的敵人根本無計可施。遭到照理說應該受傷了的溫德突襲，頓時陷入恐慌，最後只能束手無策地淪為刀下亡魂。

『妳們才剛站上間諜的起點。』

克勞斯說。

『現在依舊實力不足。即使發揮百分之百的力量去施展經過磨練的特技，恐怕還是會經常打不贏敵人。但是如果妳們還是想贏，那就只能編織謊言，創造出能夠將力量發揮到百分之三百的有利情況。』

他說得沒錯。想要提升實力，就不能只是在原地等待。

特技是武器。是少女們從人生中領會，又因與克勞斯訓練而更顯精湛的力量。

然後她們現在所需要的，是發揮那項武器的——作戰方式！

對著屏息聆聽的少女們，克勞斯最後以堅定的語氣說。

『找出讓自己閃閃發光的騙術——如此一來，妳們就會有飛躍性的成長。』

課堂似乎到此結束了。

克勞斯和少女們互望，一段奇妙的時光就在沉默無語中流逝。

『…………』

『『『『…………』』』』

『…………』

『『『『…………』』』』

『…………』

『『『『…………』』』』

『…………………………』

『『『『『…………………………』』』』』

『…………………………』

『『『『『…………………………』』』』』

『…………以上這些話雖然是我自己說出來的……』

克勞斯感慨萬千地低喃。

『不過我現在覺得好感動。這是我第一次像個老師一樣地講課，感覺好開心啊。』

『我們也這麼覺得！』

百合怒吼。

克勞斯只不過是直接轉述溫德的話，就在那裡自鳴得意、沾沾自喜。

◇◇◇

「讓自己閃閃發光的騙術啊……」

聽完漫長的說明之後，莎拉喃喃地說。

「以前確實沒有認真思考過這一點呢……」

八名少女坐在客廳的皮革沙發上。雖然好久沒有像這樣齊聚一堂，可是氣氛卻稱不上歡樂。她們的臉上流露出濃濃的疲憊感。

將「燈火」提升至下個階段的概念——詐術。

（因為小妹等人在學習之前就已經畢業了……）

莎拉暗自心想。

從克勞斯也不知道來看，這大概是誕生自培育學校的概念吧，而他好像幾乎是在無意識間學會的。

「原來如此，這個想法還不賴嘛。」

莫妮卡也發表意見。

「雖然有讓騙術的模式固定化的疑慮，不過什麼形式都沒有也是個問題。畢竟，過去咱們多數人都只是隨意施展特技這一點也是事實，看來是時候該重新審視一下做法了。」

她冷靜地分析之後，將視線轉向百合。

「所以，妳剛才在客廳呻吟是為什麼？」

「因為我不懂什麼詐術嘛！」

百合邊說邊捶打沙發。

「就算要我找出適合自己的騙術，我也是一頭霧水！因為以前從來沒想過這個問題，於是就愈想愈迷惘……雖然我是有想到一些點子啦。」

「比方說？」

「『毒』×『隱身』！潛伏在暗處，趁對方不備散布毒物，大概就是這樣。」

「不行，妳又不擅長安靜地待著。」

「『毒』×『假哭』！像孩子一樣哭泣，然後趁對方鬆懈時刺入毒針，大概就是這樣。」

「太沒品味了。」

「請不要對我使用言語暴力！」

百合哀號一聲，倒在地上，然後小聲地哽咽：「其實我自己也知道行不通啊～」

百合等人正為了「什麼樣的詐術適合自己」這個問題而苦惱。儘管理解詐術的概念，但最終還是得靠自己決定要如何磨練那項技術。

這對至今未曾思考過的少女們而言，是個相當大的難題。

「距離和『鳳』競爭，已經剩下沒多少時間了。」

緹雅解說。

「詳情我之後會再說明，總之我們必須和『鳳』互相搶奪機密文件，而率先取得文件的就是贏家。然後，距離這場競爭展開只剩下一個星期。」

「意思是，我們得在那之前學會詐術？」

「如果不這麼做，『燈火』就會輸掉。我們會失去老師，並且落得返回培育學校的下場。」

緹雅以帶有危機感的語氣說道。

目前，只憑溫德一人就贏過了「燈火」的三名成員。

更別說「鳳」還有包括裘兒在內的其餘五名菁英。

沉重的氣氛籠罩客廳。即使一言不發，成員們也無不感到焦躁，為了逼近眼前的「失敗」二字緊張不已。

「愛爾娜也好傷腦筋呢……」

坐在莎拉旁邊的愛爾娜對她訴苦。

「愛爾娜既不擅長撒謊騙人，也找不到適合自己的騙術呢。」

莎拉喃喃地說「就是啊……」，撫摸愛爾娜的頭。

順帶一提，愛爾娜之前在練習的是「事故」×「做作女」。也就是故意裝可愛接近目標，使其遭遇事故。提出這個主意的人是緹雅。從愛爾娜正在練習不適合自己的騙術這一點，可以窺見同伴們現在有多迷惘。

「…………明明愛爾娜尤其必須努力才行。」

「嗯？」

沒能聽清楚那句嘟噥，莎拉一臉疑惑。

那是什麼意思？

她正想反問時，因為安妮特把頭伸過來說「本小姐也要摸摸！」，於是就錯過了開口的時機。她「好好好！」地也撫摸安妮特的頭，一旁的愛爾娜則靜靜地閉上眼睛。

這時，莫妮卡站起身，朝著這邊說：「莎拉，差不多該走了。」

莎拉繼續同時撫摸愛爾娜和安妮特的頭，一邊詢問：

「咦？要去哪裡？可是小妹還想再摸一下她們的頭……」

「……妳真的很像那兩個小鬼的監護人耶。」

「摸頭很療癒喔。莫妮卡前輩要不要也來試試？」

「我說妳啊，還有比摸頭更重要的每日例行工作不是嗎？尤其現在又得和『鳳』競爭。」

莫妮卡用不可置信的口吻說。

「在下要特訓妳啦。」

◇◇◇

莫妮卡開始對莎拉進行訓練，是從米塔里歐的任務結束之後。

開始的契機，是和「紫蟻」一位名叫米蘭達的手下之間的飛鏢對決。雖然莎拉本人並不覺得自己有善盡支援的職責，不過莫妮卡似乎相當認同她的表現。

回到迪恩共和國之後，她便開始對莎拉進行入門指導。

『這個團隊的成員不是小鬼就是笨蛋，所以妳要是不更努力一點就傷腦筋了。況且，克勞斯先生也不太會教人。』

莫妮卡經常這樣發牢騷。

儘管不是很同意她的話，但是莎拉並沒有拒絕。她需要有人來指導自己不足的地方，而她也很高興對方是實力堅強的莫妮卡。

可是，等著她的卻是超級斯巴達式的訓練。

不僅每天都要跑步，莫妮卡還命令她一星期要背誦五本書。雖然她好幾次都大喊「小妹做不到！」，但是因為莫妮卡也有在進行等量的訓練，所以她連抱怨的話都說不出口。

其中最為嚴酷的，是莫妮卡直接傳授的戰鬥訓練。

這天在她們所潛伏的公寓屋頂上進行的訓練，就在莎拉被莫妮卡豪邁地摔出去後結束了。

「辛苦了。那麼，接下來差不多該去出任務了。」

「不行……辦不到……小、小妹已經站不起來了…………」

莎拉倒在地上，不爭氣地說。

即使待會兒就要出任務了，莫妮卡照樣完全不手下留情。

「哦，是嗎？」她淡淡地回應，「那就休息五分鐘好了」然後這麼說。

簡直就是魔鬼教官。

不過，莫妮卡的指導全都切中要點。和採取自由放任主義、認為稱讚才會成長的克勞斯不同，莫妮卡的指導雖然嚴格，但卻具體又有助益。

「從開始訓練到現在，已經快要三個月了。」

莫妮卡拿出裝了檸檬水的水壺，遞給莎拉。莎拉心懷感激地接過，咕嚕咕嚕地灌下肚。

「就、就是啊。」

莎拉將水壺移離嘴巴，點頭附和。

「小、小妹有稍微變強了嗎？有達到不會扯大家後腿的程度嗎？」

「還差得遠哩。」

「嗚嗚，妳說話好狠……」

「妳的工作雖然是負責支援，但現在還是不夠可靠。坦白說，妳和百合的能力就連有沒有達到培育學校的畢業水準都讓人懷疑。」

「是、是的……」

遭受到嚴厲的評論，莎拉沮喪地垂下肩膀。

沒錯，莫妮卡連誰都不會說出口的話也直言不諱。

——莎拉是「燈火」裡實力最差的人。

當然，每個成員都各有長處和短處，所以無法一概相較，但是幾個月過去了，成員們的實力排名也逐漸顯現出來。「燈火」最弱的少女無疑是莎拉。

實際上，莎拉至今始終沒有什麼出色的表現。

她就只是躲在其他少女背後，利用動物們幫忙而已。和其他少女相比，活躍的場面少得可憐。

「不過，妳起碼還是有在成長啦。」

莫妮卡語氣平淡地說。

「只是還不到讓在下滿意的水準。」

「是、是的……」

「之前在下出給妳的功課怎麼樣了？動物調教得還順利嗎？」

「小、小妹正在努力，只不過進度實在緩慢……」

「麻煩妳繼續加油了。因為要是能讓強尼學會那個，妳所能運用的戰略就會一下子增加許多。妳要好好地教牠，這麼做對妳有好處的。妳要不要拿誰來試試看效果？」

強尼是莎拉所飼養的小狗的名字，莫妮卡命令她教導強尼某項才藝。莫妮卡除了訓練外，也會詳細地對莎拉下達指示。

莫妮卡這個人乍看態度粗野，實際上卻很會照顧人。

「不過話說回來，現在最重要的還是詐術。唔嗯，妳不是那種擅長說謊的類型，而且特技是『調教』……究竟什麼樣的詐術比較適合妳呢？」

她交抱雙臂，像在思考自己的事情一樣地煩惱起來。比起自己，她似乎打算優先讓莎拉學會詐術。

可是，莎拉卻沒能做出好的反應。

「真、真的不要緊嗎……？」她用顫抖的聲音這麼問。

「嗯？」

「呃，小妹覺得很不安……擔心自己是否有能力對抗『鳳』……」

「妳該不會……」莫妮卡語調一沉。「在害怕吧？」

莎拉點頭。

她一邊忸怩地玩弄手指，一邊接著說。

「小、小妹果然還是好怕那種人……因為以前在培育學校裡，那些成績優異者看起來是那麼地耀眼……應該說氣場不一樣嗎？總覺得他們和小妹完全不同，然後那種感覺就在小妹心中，像是癒合不了的傷疤一樣隱隱作痛…………」

培育學校的苦澀記憶，鮮明地殘留在腦海中。

莎拉的學校裡，有許多擁有出色技能的學生。

當她背完一本書時，資優生已經背完了十本。莎拉拚命翻譯好的暗號，資優生只花了三分之一的時間就完成。還有，莎拉只要超過二十小時不睡覺，意識就會開始變得恍惚，可是資優生卻可以超過五十小時不眠不休地完成訓練。

看著他們，莎拉明白到自己有多差勁。

而那六人更是身處那些資優生的頂點，簡直就像是另一個世界的人物。

莎拉不停地讓手指互相摩擦。

「就算要小妹找出讓自己閃閃發光的騙術……小妹也想像不出來啊……」

唯有快要從培育學校畢業的學生，才會學習到的最後技能。

她實在不認為早早就失敗了的自己有辦法學會。

「……妳還是認為自己是凡人。」

莫妮卡不知嘀咕了什麼。

莎拉「咦？」地抬頭，注視著莫妮卡。

然後，她領悟到莫妮卡的那句話並不是在稱讚自己。

莫妮卡的眼中浮現出輕蔑的神情。她一副疲倦地彎曲眉毛，將頭髮往上一撥，深深嘆息。接著，她用手指咚咚咚地拍打大腿。

「真教人火大耶。虧在下這麼認真地指導妳，妳居然還存有那種心態。」

「咦？」

「好吧，其實在下當初來到『燈火』時也曾經煩惱過。可是，現在已經是不被允許有那種想法的階段了吧？自詡為世界最強的克勞斯先生將咱們聚集起來，認同咱們的能力耶？所以咱們不可能是凡人。不對，應該說咱們不被允許是凡人。」

「……！」

「假使咱們是凡人，那麼『鳳』提出的要求就再正當不過了。因為克勞斯先生的部下不需要凡人。」

莫妮卡用手指彈了彈莎拉的肩膀。

「──妳也差不多該有自己是天才的自覺了。」

莎拉忍不住嚥了口水，無言以對。

她感覺自己軟弱的心彷彿直接遭到了痛毆。

「今天的任務妳不用參加。」莫妮卡說。「有在下一人就夠了，妳留下來吧。」

「……！」

莫妮卡單方面地告知後，便朝屋頂的出入口走去。

被留下來的莎拉只能懷著絕望的心情，目送她離去的背影。

◇◇◇

莎拉的心情十分沮喪。

（嗚嗚，小妹惹莫妮卡前輩生氣了……）

她雖然基本上和莫妮卡處得還算不錯，但是莫妮卡大概終於對她失去耐心了吧。莫妮卡離去時露出的輕蔑眼神讓她心好痛。

莫妮卡的指謫是對的。

莎拉的決心不足。她既不像緹雅和百合那樣，對間諜這份職業抱有強烈積極的情感，也沒辦法相信自己是「天才」。

（不，說起來，小妹連想成為間諜的動機也……）

不僅缺乏實力，就連心志也軟弱怠惰。

冷靜下來想想，自己會被放棄也是理所當然的。

莎拉踩著沉重的步伐，姑且回到房間。

房內，葛蕾特正在整理資料。

她看著貼在牆上的目標的照片，正在記憶情報。她一抬頭，就溫柔地對莎拉說「我聽莫妮卡小姐說了」。

「我已經將白天開始的任務，調整成莫妮卡小姐一人也能完成的狀態。莎拉小姐妳就休假一天吧，因為我想妳最近應該也沒時間好好休息。」

「好的。小妹真是丟臉。」

「……請不要太鑽牛角尖。莫妮卡小姐應該也只是累了，情緒才會那麼激動。」

被人這麼安慰，莎拉只能低頭致謝。

然後，她忍不住問了一件她很在意的事情。

「請、請問，葛蕾特前輩妳覺得自己是天才嗎？」

「…………？」

「啊，那個，因為小妹對於要和『鳳』那些人作戰這件事感到很害怕。」

葛蕾特應該也有過一段在培育學校吊車尾的過去。

莎拉很想確認她是如何面對那份自卑感。

「這個嘛……」

葛蕾特用手觸碰自己的嘴巴。

「我當然也會害怕了……畢竟在培育學校裡有許多痛苦的回憶……」

「說、說得也是喔。」

「但是，我被帶到了『燈火』，和老大相遇。無論是煩惱苦悶的日子，還是不知所措哭泣的夜晚，他都體貼地看出我內心的不安，溫柔地給予我建言……」

「…………」

「所以，我要全心全力地挑戰……展現這些日子和老大培養出來的技術。」

大方回答的她看起來是如此耀眼。

葛蕾特前輩果然讓人望塵莫及啊，莎拉心想。

她對自己充滿了自豪。

當然，莎拉也因為受到克勞斯「——好極了」這句話的鼓勵，在團隊裡多少變得比較積極。

可是每每到了出任務時，她就又會開始畏首畏尾。

莎拉向葛蕾特道謝，離開房間。

既然葛蕾特要她休假，她也只能好好休息了。

為了不打擾同伴，她決定到外面去，和寵物們悠閒地相處。對了，最近好像出現一種叫做蛋塔的甜點，好想吃。

一面思考要如何度過假日，莎拉來到公寓的一樓。

結果，她見到意想不到的人物站在那裡。

「奇怪？妳怎麼了，愛爾娜前輩？」

站在一樓的共用信箱前的人是愛爾娜。大概是忘記莎拉等人住幾號房了吧，只見她一副愁眉苦臉的模樣。

「嗯，莎拉姊姊，妳來得正好呢！」

愛爾娜的表情頓時亮起來。

「是的。妳找小妹有事嗎？」

說起來，愛爾娜剛才好像也有事情要找自己的樣子。

愛爾娜蹦蹦跳跳地來到莎拉身旁，開口道。

「愛爾娜想找妳幫忙呢。為了學會詐術，愛爾娜有件事情無論如何都想去做呢。」

「咦？詐術是嗎……好是好，不過要怎麼做？」

「這還用說嗎？愛爾娜等人的訓練方法永遠就只有一種呢。」

然後，愛爾娜高聲地說。

「愛爾娜想要向老師挑戰呢！和莎拉姊姊一起！」

◇◇◇

向克勞斯挑戰——這已經不需多加解釋，正是她們的訓練項目。他身為「燈火」的老大，傳授給少女們這群部下的訓練方法就是——打倒我。

最近這陣子因為任務忙碌，減少了許多挑戰的機會，不過少女們還是有在持續進行。應該說，就複習沒能在任務中順利施展的技術這層意義來看，也算是一項相當好的訓練。

莎拉決定答應愛爾娜的請求。

因為她沒有理由拒絕。她今天沒有其他安排。

「可是，真的可以嗎？會不會耽誤到妳的任務……」聽了愛爾娜這麼問，「可、可以，沒問題啦」莎拉笑著帶過。

自己被莫妮卡踢出任務這件事，實在很難開口向人解釋。

兩名少女此刻所在的地方，是遠離龍沖中心、靠近大陸的場所。

她們搭了約莫一小時的公車，抵達這座靠近龍華民國邊境的城市。和龍沖的市中心不同，這裡沒有經過區域規劃，到處都是高度和寬度參差不齊的建築。寫著漢字的招牌林立，看上去儘管雜亂，卻也讓人感受到居民的活力。

空氣中充滿辛香料的味道，莎拉的小狗一副嫌棄地不停動著鼻子。

據愛爾娜所言，克勞斯正在這裡執行任務。

「愛爾娜打算一邊偷看老師執行任務，一邊擬出制伏他的計畫呢。」

愛爾娜這麼說明。

然後，莎拉好像是被找來負責追蹤克勞斯的。

如果以一般的方式跟蹤克勞斯，絕對會被他發現。但若是利用莎拉所飼養的小狗的嗅覺，即使保持克勞斯察覺不到的遠距離，一樣可以追蹤他的行跡。

雖然似乎為了辛香料的氣味感到困擾，小狗仍拚命循著克勞斯的足跡前進。

「不過，妳還真有幹勁耶。」

莎拉跟在小狗後面一邊說。

「愛爾娜前輩明明也忙於任務，卻還是找機會努力訓練。」

「那是……」愛爾娜深深地點頭。「……理所當然的呢。」

「理所當然？」

「因為這次的麻煩追根究柢，都是愛爾娜搞砸紡織工廠的任務造成的呢。」

莎拉總算恍然大悟了。

溫德等人憑著自己達成席薇亞和愛爾娜搞砸的任務，藉此主張「鳳」的實力在「燈火」之上。據說，當時他們還把愛爾娜昏倒的事實拿出來譴責。

她大概覺得很自責吧。

儘管莎拉認為她想太多了，然而愛爾娜的聲音中洋溢著熱情。

「非挽回不可呢……愛爾娜一定要完成帥氣的詐術，打倒『鳳』呢……！」

她邁著大大的步伐，每一步都讓人感受到非凡的決心。

愛爾娜對於「鳳」似乎也沒有恐懼心理。

「就是說啊……」莎拉隱藏自己內心複雜的情緒，肯定她的話。

「愛爾娜想了許多候補方案呢。」

愛爾娜的口氣依舊認真。

「愛爾娜打算視狀況，選擇適當的方法去對付老師。」

「喔，比方說是什麼？」

「『事故』×『誘惑』。像緹雅姊姊一樣色誘敵人，使其上鉤呢！」

「這個方法對怕生的愛爾娜前輩來說可能有點困難。」

「『事故』×『信口胡說』。騙對方北邊會有幸運降臨，巧妙地誘導敵人呢。」

「妳從剛才開始，提出來的點子都跟百合前輩同個等級喔？」

她果然很迷惘吧。想出來的點子全都只能預見失敗的未來。

可是，愛爾娜積極提出候補方案的模樣是如此英勇。

（愛爾娜前輩很努力呢……）

莎拉不由得將她拿來和自己做比較。

對於自己的詐術，莎拉到現在還沒有任何想法。

（究竟什麼才適合小妹呢？能夠和「調教」結合的騙術……「虛張聲勢」？嚇唬敵人「小妹調教出來的怪物，能在瞬間咬死你喔？」？還是「偽裝」？在動物身上加裝飾，扮成別種生物……？）

儘管試著想了想，卻見不到成功的未來。

——無法想像身為吊車尾的自己，與菁英們交鋒的場面。

再說，不擅長作戰的自己，本來就不是能夠和敵人正面交手的類型。

（可是……再這樣下去，又會被莫妮卡前輩責備……）

對膽怯的自己感到厭煩。

但是，已深植內心的自卑感卻沒有那麼輕易就消失。

莎拉低下頭。

見到走在前面的小狗強尼停下腳步。強尼頻頻轉動脖子，在原地繞圈，沒一會兒便轉彎走進一條小路。

那是一條由石板砌成的坡道。

坡道大大地彎向左方，看不見盡頭。

坡道旁則有幾間冷清的商店林立。

突出的招牌上，用鮮紅色的文字寫著「禁瑰酒店」、「贓物藥房」等字樣。看起來好像是飯店和藥局，但卻莫名給人一種見不得光的感覺。空氣中飄散著好似毒品的香甜氣味。

愛爾娜微微倒抽一口氣。

「嗯，莎拉姊姊……我們好像不知不覺來到有點可怕的地方呢。」

「雖然現在才問有點晚了，不過老大在這裡做什麼？」

「嗯，愛爾娜記得……他預定要與人見面……啊啊，對了……」

愛爾娜喃喃地說。

「——是跟龍沖的黑幫交涉呢。」

就在兩人踏進那條小巷時。

見到路旁擺了一張幾乎要被招牌淹沒的小桌子。

——水晶算命。

也就是水晶占卜。在龍沖經常可以在巷弄內見到占卜師，所以這樣的算命攤並不稀奇。

令莎拉感到好奇的是他的算命方式。在龍沖，占卜是以看手相和抽籤為主流，很少見到有人使用水晶。莫妮卡要莎拉背誦的書上是這麼寫的。

豈料這樣的疑問竟立了大功。

水晶占卜的占卜師突然起身，並且拿著某樣東西朝莎拉的腦袋揮過來。

「「——————！」」

占卜師手裡握著的是鐵扇。

莎拉和愛爾娜即刻閃避攻擊。她們在往左跳開的同時觸碰懷裡的手槍。

「喔喔！閃開了啊！」

女性高亢的說話聲響起。

那人脫掉破舊的占卜師服，露出底下龍華民國的傳統古武術所穿著的紅色道服。女子將一頭長髮往後紮成三股辮，露出寬闊的額頭和整張臉。她似乎年紀輕輕只有二十出頭，臉上帶著精力充沛的笑容。

「我攻擊每個來到這條巷子的可疑人物，結果妳們是第一個做出反應的！換句話說，妳們並非等閒之輩。妳們是哪個地方的情報員對吧？原來如此，妳們是來踐踏這個龍沖的惡賊對吧？有意思！我看就把妳們抓起來好好盤問吧！」

女性自顧自地說完，就展開兩手裡的鐵扇。

「我的名字是麗琳！是珠寶組八人幫之一！」

「「……………………」」

莎拉和愛爾娜愣愣地注視自稱麗琳的人物。

假使她所言屬實，那麼她便是龍沖黑幫的一員。

「……總之是個危險人物呢。」愛爾娜說。

「感覺和她扯上關係會很麻煩。」莎拉也點頭同意。

順帶一提，兩人是用迪恩共和國的語言交談。似乎是龍沖當地人的麗琳因為聽不懂，於是露出不解的神情。

莎拉和愛爾娜緩緩地後退，開始準備逃跑。

「嗯嗯？我都報上名號了，妳們卻連名字也不說就想跑。」

麗琳噘起嘴唇。

「真沒禮貌耶。原來如此，果然像是間諜的作風，太卑鄙了！」

莎拉當然不理會她的話，轉頭告訴愛爾娜自己的判斷。

「小、小妹要開槍嚇嚇她，到時我們就趁機逃跑吧。」

雖然不想引起騷動，不過遠離這個人似乎才是上策。

莎拉悄悄地拿出手槍，將槍口指向麗琳。

「哼，妳們少瞧不起珠寶組八人幫之一的麗琳了！」

「那句話妳剛才已經說過了啦！」

一面吐槽很想要自報名號的她，莎拉用手指勾住扳機。

結果這時麗琳一個後空翻，躲到並排的招牌後面。
好矯健的身手。看來她果然如那身道服所示，懂得古武術。
之後，她好像就這麼消失在道路的深處。
「逃走了……？」愛爾娜歪著頭說。
莎拉停止開槍，放下槍枝。
既然她主動離開了，就沒必要硬是作戰。
「就是啊……總之我們也快逃——」
話還沒說完，莎拉的肩膀就遭到某樣東西毆打。
「——唔！」她忍不住哀號。
空氣被從肺部擠壓出來。堅硬的鈍器擊中了她。莎拉失去平衡，跪在地上。
「莎拉姊姊？」愛爾娜驚聲尖叫。
但可以分辨攻擊是來自哪個方向。
完全看不見攻擊。
「……是、是後面！」
莎拉在千鈞一髮之際高呼。
兩人同時轉身，結果見到高舉鐵扇的麗琳站在那裡。

「太慢了，妳們這兩個不法之徒！」

莎拉急忙趕在鐵扇揮落之前以前滾翻閃避攻擊。和莫妮卡進行的格鬥訓練派上了用場。之後她牽著愛爾娜的手，拔腿就跑。

她們沿著蜿蜒的坡道往上，在好像是牙科診所的建築轉角轉彎，來到另一條小型商店林立的道路。設置得像是要擋住去路的招牌，如今只讓人感到無比厭煩。

「剛才那是怎麼一回事呢……？」

愛爾娜邊跑邊說。

「那個人突然就出現在愛爾娜兩人的後面呢！」

「小、小妹也不知道！」

沒錯，麗琳的行動非常不自然。

她才剛從莎拉二人的正面消失，下一刻隨即就出現在後方。就算是用跑的移動，速度也太快了。那不是人類辦得到的事情，莎拉二人連舉槍的時間也沒有。

正當兩人苦思時，麗琳又從正面寫著「柳熊書房」的招牌後現身。

愛爾娜和莎拉趕緊停下來。

又是超快速移動。這一次——麗琳搶先繞到前面了。

「這個叫做縮地啦。」

麗琳對困惑的少女們得意洋洋地笑道。

「這是我經過一番修行之後學會的術式。我就只是縮短地面，將妳所在的地點和我所在的地點連起來而已。這點小技巧，在我們珠寶組八人幫裡任誰都做得到。」

接著她大大地將鐵扇往旁邊一揮。

此時，少女和麗琳之間的距離相隔超過三公尺。

「換句話說——我的攻擊不受距離限制！」

產生悶痛感的是莎拉的膝蓋。

又是遭到堅硬物體擊中，而且是從身體的側邊。攻擊角度出人意表的一擊，讓人甚至無法用肉眼辨識。

「逃也沒用啦。為了守護深愛的祖國，我麗琳是不會手下留情的！」

她再次舉起鐵扇。大概又想使出那個看不見的攻擊吧。

莎拉勉強擠出聲音。

「小、小妹並不打算危害這個國家！小妹只是稍微受過格鬥訓練的觀光客，這把槍也純粹只是用來防身……」

「我才不相信妳的謊言！間諜總是動不動就撒謊，是一群卑鄙的傢伙。」

「……！」

「不過，妳很怕我這一點感覺倒是千真萬確！」

麗琳臉上浮現好戰的笑容。看來，真正的黑幫一旦決定動手就不會留情。

光憑莎拉的謊言無法蒙混過去。

（對於老大正在執行的任務……當初應該多想想才對……！）

莎拉早就知道這次的任務和龍沖黑幫有關。她沒想太多就尾隨在後，結果一不小心就踏進他們的地盤。

「呃！」

這時，莎拉身旁的愛爾娜將手槍對準了麗琳。

「不管妳們怎麼拖延時間，結果都一樣啦。」麗琳訕笑。

在愛爾娜開槍之前，她就搶先使出後空翻，躲到招牌後面。

從她的行動來看，她似乎對這個滿是遮蔽物的空間瞭若指掌。

「趁這個機會逃跑吧！」

莎拉拉起愛爾娜的手臂，再次拔腿狂奔。

兩人再次在蜿蜒的坡道巷弄內奔馳。

雜亂的招牌阻礙了視野。不僅如此，居民的晾衣桿還突出建築物之外，遮蔽了陽光。

——麗琳恐怕又會搶先繞到前面。

儘管不清楚所謂的縮地是真是假，但是她使用了教人無法理解的移動方式是事實。

莎拉氣喘吁吁地拚命移動雙腿。

受傷的腳雖然疼痛，但也只能咬牙忍耐。

（如果是緹雅前輩，她一定能巧妙地和對方交涉，迴避作戰……若是葛蕾特前輩，她會利用變裝順利逃脫……莫妮卡前輩和席薇亞前輩則是就算和對方打起來也不會輸……）

莎拉情不自禁想起不在場的成員們。

——小妹無力打破眼前的困境。

這個事實令她悔恨不已。

「莎拉姊姊，停下來呢。」

就在這時，愛爾娜抓住莎拉的衣服。

莎拉滿腹不解。愛爾娜停下腳步的地點，是一個視野很差的地方。路幅狹窄，又有好幾個招牌從建築物突出。

對方是神出鬼沒的格鬥家。在這裡等待感覺不是個好點子。

麗琳很快就現身了。

她猶如在空中奔馳一般，在招牌之間跳躍移動，朝這邊逼近。

移動速度果然好快。她在遙遠的距離外高舉鐵扇。

愛爾娜往莎拉的身上靠過來。

「愛爾娜不允許有人欺負莎拉姊姊呢。」

然後她一邊和莎拉一起倒下，一邊發射雙手握著的手槍。

手槍的後座力衝擊了莎拉的身體。

愛爾娜的手槍是巨大的轉輪手槍。她將所謂的麥格農子彈朝空中擊發。

嬌小的她承受不了那份衝擊，嘴裡發出「呢！」的哀號，往後一倒。

莎拉溫柔地接住愛爾娜。

頭頂上方的麗琳聽見那聲轟然槍響後瞬間仰身閃避，之後隨即露出冷笑。

「妳到底是瞄準哪裡——」

「代號『愚人』——屠殺殆盡的時間到了呢。」

愛爾娜的嘴唇移動時，金屬破裂的聲音冷不防響起。

不知是麥格農子彈帶來的衝擊，還是槍聲的震動所造成。

原本就已經金屬疲勞的鐵似乎支撐不了招牌，只見圍繞四周的招牌如雪崩般紛紛掉落。

「啥——？」

麗琳目瞪口呆，急忙轉身。

莎拉能夠用肉眼確認到的只有如此。她同樣驚愕萬分，趕緊抱著愛爾娜的頭蹲下。

反觀被莎拉抱著的愛爾娜，則是一派泰然地仰望上方，毫不驚慌。

莎拉想起她的特性了。

——受到不幸吸引，甚至能夠感應到不幸預兆、擁有自罰傾向的少女。

她大概是察覺到這裡將會發生招牌掉落事故，才發射子彈吧。

四周招牌掉落，金屬被壓扁的聲音轟隆作響，可是卻都沒有掉到莎拉頭上。

不久當聲音靜止後，莎拉戰戰兢兢地抬頭。

瓦礫正好在身體周圍堆成了一座山。

「～～～～！」

她發出不成聲的悲鳴。

無論何時見到，都強大無比的特技。

莎拉原本擔心麗琳是否已經喪命，卻沒有在招牌底下見到人影，只有她的衣服碎片掉落在地。看樣子她應該沒有被壓扁，只是暫時撤退了。

「好像暫且度過危機了呢。」

愛爾娜低聲說道。結果話才說完，從上面掉下來的螺絲就砸到她的頭，發出好大一聲

「鏗！」。「不幸……」她呻吟著蹲下。

「就、就是啊。既然麗琳小姐好像已經不在這裡了，我們也趕緊逃走吧。」

麗琳是優秀的格鬥家。雖然不知道珠寶組八人幫是誰，但想必是一群棘手的人物。

莎拉揉揉疼痛的腳，站起身。

「暫、暫時先回據點呢。」

愛爾娜的口氣聽起來十分擔心。

「莎拉姊姊，對不起，都是愛爾娜害妳受傷……」

話說到一半就停住了。

見到她眼中泛著淚光，莎拉摸摸她的頭說「沒關係啦」。

「這不是愛爾娜前輩的錯，妳不用放在心上。」

「可是……」

「況且，我們也沒有必要馬上回去喔。因為小妹也不是在胡亂地逃跑。」

莎拉笑著對驚訝的愛爾娜說。

「強尼先生循著氣味找到了——老大就在附近。」

這時，一直躲在巷子裡的黑色小狗微微探頭。牠搖著尾巴猛蹭莎拉的身體，之後甚至爬到莎拉的頭上。

愛爾娜也瞪大雙眼，「呢！」地驚呼。她似乎理解狀況了。

沒錯，即使這裡是黑幫的根據地也無所謂。

因為世界最強的間諜就在附近——少女們的安全受到了保障。

克勞斯似乎身在巨大的宅邸裡。

少女們靠著小狗的靈敏嗅覺來到這裡，結果見到朱紅色的大門聳立，左右兩旁還矗立著龍的銅像。門後可以見到宮殿般宏偉的建築，四周則圍繞著以橘色琉璃瓦片堆砌而成的牆壁。奢華程度一看就知道不是平民住得起的。

兩人想起克勞斯的任務是和黑幫交涉。

首領可能就在這裡吧。宅邸氣派威嚴的氣息將外人拒之於門外。

「沒想到只是跟蹤，一路上竟然會這麼辛苦……」莎拉低喃。

「呢！不過，能夠來到這裡就證明我們成長了呢。」愛爾娜抬頭挺胸地說。

對於那句積極正面的話，莎拉也表示贊同。

不只是平時和克勞斯之間的訓練，莫妮卡對莎拉進行的斯巴達式特訓也展現出了成果。若非如此，她不可能逃離那位自稱麗琳的女性。

門前沒有像是守衛的人。

「不過，接下來要怎麼做呢？」

莎拉望向愛爾娜。

「應該要放棄訓練，拜託老大保護我們吧？」

當初的目的，原本是打算在跟蹤克勞斯之後，對他進行恐嚇或襲擊。

可是，兩人在達成那個目的之前就已經筋疲力盡了。

況且若是妄自行動，說不定又會遭到麗琳攻擊。

「不，好不容易都來到這裡了，愛爾娜還是想要挑戰呢。」

愛爾娜一臉不服地鼓起臉頰，可是莎拉無法同意她的話。

「可是我們已經訓練夠了啊，再繼續深究下去會有危險的。」

「…………呢。」

愛爾娜勉為其難地點頭。

（愛爾娜前輩好像很著急的樣子……）

看著表情煎熬的她，莎拉不禁感到不安。

她直到剛才都覺得愛爾娜很勇敢，可是如今卻替她感到擔心。就拿踏進這種危險地帶來說好了，她莫名給人一種奮不顧身的感覺。

「總之先跟老大會合吧。」莎拉這麼催促。

決定好方針之後，少女們往門的旁邊移動。她們不能從正門進去，要求裡面的人讓自己和克勞斯見面。潛入也是間諜的拿手絕活。

兩人繞到建築的側邊，爬到牆壁上，用雙筒望遠鏡觀察內部。

幸好視野很寬闊。

院子裡有一座大池塘，沒有遮蔽視野的高大樹木。整體維護得整齊又美觀。

「「嗯……？」」

兩人舉著雙筒望遠鏡，同時歪頭。

朱紅色的莊嚴建築前方有池塘，池塘上有大大小小總共十座橋梁。院子裡則有亭閣、古老的岩石、經過園藝師仔細修剪的灌木，整體空間十分優雅，然而地上卻到處散落著異樣的物體。

——昏厥的群眾。

乍看之下，有將近百人倒在院子裡，而且每個人手裡都還握著手槍或青龍刀。

從他們散漫地張著嘴巴來看，可以知道他們已失去意識。

克勞斯人在院子的中央。

他坐在橋梁的欄杆上，仰望天空，正在喃喃自語。

少女們看著他嘴巴的動作，讀出他所說的話。

「……沒想到交涉會進行得這麼不順利。」

克勞斯一臉哀傷的表情。

「這一帶的三個幫派竟然集結起來，不分由說地就想取我性命。是出自對長年在龍沖搗亂的各國間諜的怨念嗎……莫非我為了展現誠意，特地正面交涉的決定是錯的？」

（（你太離譜了啦啊啊啊啊啊啊啊啊啊！））

莎拉和愛爾娜同時吐槽。

克勞斯親手消滅了三個龍沖的黑幫。

看樣子，他好像不打算偷偷地奪取，而是想要透過正面交涉來獲取情報才造訪此地。雖然他這麼做是為了表示誠意，但是如此大膽的手法卻反而刺激了對方。

結果下場就是上百名幫派分子遭他打昏。

這個男人還是一如往常地異於常人。已經到了讓人傻眼的地步。

（不過…………）

莎拉將雙筒望遠鏡從臉上移開。

（這就是老大所生存的世界吧……）

肩負保護國家之責的這個男人工作繁雜。可能因為時間不多，所以有時也會像這次一樣採取強硬手段吧。

他活在和少女們不同的世界裡。

「燈火」的成員所能做的，還只是當他的助手而已。

愛爾娜似乎也察覺到這個事實，她緊抓住莎拉的衣服，「呢……」落寞地低喃。

兩人目睹自己與克勞斯之間判若雲泥的差距。

整顆心彷彿被揪住一般——

「克勞斯老師，溫德和畢克斯已經壓制住建築物北側了。」

結果這時，她們見到一名綁馬尾的翡翠色頭髮少女跑向克勞斯。

「……是裘兒小姐呢。」愛爾娜嘀咕。那人好像是「鳳」的成員。

裘兒用微微泛紅的臉龐，一副自豪地緊抿嘴唇。

在橋上等候的克勞斯點點頭，對她說了些什麼。

「非常好。我確認一下，你們沒有殺人吧？」

「沒有啦。只不過，目前還找不到在鋼甕幫和珠寶組之間負責聯繫的保鑣……其實這件事本來只要和她一人談就可以了。」

「那個人好像正在巡視。」

「咦？克勞斯老師知道她的行蹤嗎？」

「是剛才倒下的人說的。她那個人好像相當隨興，回家的時間總是不固定。」

「原來如此，那就在這一帶找找看好了。」

「這樣也好。有妳們在真是幫了我不少忙，事情處理起來比我一人要輕鬆多了。」

「……咦、咦？不不不，老師你太誇獎了啦！我才沒有幫上什麼忙！再說，珠寶組八人幫也是溫德他們遊刃有餘地打倒的。」

克勞斯和裘兒親暱地交談。

這次的任務，似乎是由克勞斯和「鳳」共同完成。這沒什麼好驚訝的，因為他和「鳳」正處於為了今後一起活動做準備的交接期。

之後，克勞斯和裘兒開始針對今後進行細部協調。

雖然不知道具體內容為何，不過他們之間顯然默契十足。

「…………………！」

莎拉感到一陣胸悶，忍不住按住胸口。

看著眼前的景象，她的心跳益發加速。

（……小妹終於可以體會愛爾娜前輩焦慮的心情了。）

莎拉望向身在遠處的克勞斯。

儘管個性我行我素，克勞斯仍兼具能夠接納「燈火」所有成員的包容性。若非如此，他哪有辦法成為全是問題兒童的「燈火」的老大呢。

即使和「鳳」合作，他一定也能發揮超人的實力。

這一點是再清楚不過了。

雖然克勞斯對少女們而言很特別，但是少女們對克勞斯來說並不特別。

（「鳳」很優秀……我們費了九牛二虎之力才逃離黑幫，可是他們卻正面迎擊，打倒了敵人……）

菁英和少女們，誰才適合待在克勞斯身邊？

答案已經清楚明白地擺在眼前。是「鳳」。和來到這裡想要向克勞斯求助的莎拉二人不同，他們是和克勞斯並肩作戰。

「鳳」才有資格當世界最強間諜的部下。

儘管明白這一點——

（老大，小妹心裡好難受啊……老大居然就要去別的團隊了……）

被迫認清這個事實。

克勞斯真的要離開「燈火」了。

他即將從少女們的身邊消失，成為其他團隊的老大，就此分道揚鑣。

不要！內心深處有人在這麼大喊。

遲了一會兒，莎拉才發現那是自己發出的聲音。

不要不要不要不要不要不要不要不要不要不要不要不要！心可恥地不停叫喊。

——然後，莎拉轉身跑走。

愛爾娜「呢？」地驚呼，可是莎拉沒有聽見。

她像是要逃離眼前景象一般，離開宅邸。

◇◇◇

莎拉沒有成為間諜的積極動機。

她來自迪恩共和國的一處小小海邊。父母感情融洽地經營一間餐廳，而身為獨生女的她，最喜歡將剩下的料理拿去餵食貓狗。

可以說是平凡的一個人。

那樣的她唯一值得一提的插曲，就是照顧路旁受傷的老鷹，並且馴服了牠。自那之後，她便發覺自己擁有和動物溝通的才能。

而她當初之所以走上間諜這條路，也是為了幫助家計，並沒有其他特殊的理由。

父母的餐廳受到了間諜之間的抗爭牽連。據說是帝國的間諜和陸軍情報部發生爭執，雙方展開大規模槍戰，結果使得餐廳半毀。連修繕費用也籌不出來的父母決定把餐廳收掉，但不久後便開始為莎拉的養育費發愁。

就在這時，不知從哪裡打聽到這件事的對外情報室的人才挖掘者問莎拉「要不要來培育學校念書？」，連份工作也找不到的她於是便隨波逐流地走到了今天。

因此，莎拉沒有動機。

沒有想要拯救國家的使命感，也沒有理想中想要成為的間諜的樣子。

在培育學校被蓋上「吊車尾」的烙印時，她也覺得這是理所當然。

——什麼間諜的，根本一點都不重要。

而對於這個身體、腦袋、精神都不成熟，而且缺乏志氣的少女，也沒有人對她有所期待。

◇◇◇

莎拉奔跑在蜿蜒的坡道巷弄內，一面心想。

（然後，在培育學校吊車尾的小妹來到了「燈火」……）

既然退學了也找不到工作，莎拉只好選擇「燈火」。

一開始，她覺得這簡直是糟透了。什麼賭上性命的不可能任務，那根本就是去送死。就如同當時她對百合哭訴的一樣，她原本打算要逃跑。

對莎拉而言，「燈火」本來是一座地獄。

而且，其他成員雖然也是吊車尾，卻還是比莎拉優秀。她在這裡沒有容身之處。

（可是，小妹遇見了一群願意認同我的人……）

這裡有誇獎她「好極了」的世界最強男人、有像妹妹一樣親近她的人、有和她一同執行偷襲克勞斯計畫的壞朋友，也有細心指導她的前輩。

不知不覺間，「燈火」已成為莎拉心目中無可取代的容身之處。

（就算沒有成為間諜的動機——小妹也可以為了大家而努力……！）

當大家的臉孔浮現腦海，莎拉又更加快了步伐。

沒多久，她抵達了餐館。
那是一間已經停業的小店。
她用力拉開門。門沒有上鎖。
在設有廚房和小吧檯的空間裡，擺著沒有在使用的爐子，而爐子上面坐了一名女性。
「唔唔！是剛才的間諜！」
是麗琳。
她好像因為愛爾娜引發的事故受傷了，只見她正在替腳纏上繃帶。她拿剪刀剪斷纏好的繃帶，用道服遮住，然後起身站在吧檯上。
「好奇怪喔！妳怎麼會知道我躲在這裡？」
她先是皺著眉頭這麼問，隨後便看著莎拉腳邊的小狗笑了。
「啊啊，原來如此！妳是循著我的氣味找到這裡啊！因為我的衣服在那個事故現場破了嘛！哈哈，妳果然卑鄙。可真有妳的啊！」
「…………」
「不過，還真是出人意料呢！妳剛才明明倉皇逃竄，現在卻獨自前來和我對峙。居然特地自己送上門來找死！」
她站著俯視莎拉，取出鐵扇。

那副從容沉著的態度，彷彿不把莎拉看在眼裡。

「……小妹有件事情想問妳。」莎拉開口。

「嗯？」

「在鋼甕幫和珠寶組之間負責聯繫的保鑣是妳嗎？」

「哦，妳挺清楚的嘛。」

麗琳扭曲嘴角，得意一笑。

「沒有錯！我，珠寶組八人幫之一的麗琳！同時也是和鋼甕幫之間的聯絡人！所以，妳問這個要做什麼？是想要和鋼甕幫接觸嗎？認識那群暗中蠢動的逆賊的人，在這一帶確實只有麗琳一人。如果妳是為了此事而來，那就付一大筆錢──」

「是訓練啦。」

「……嗄？」

「抱歉把妳牽扯進來，不過小妹要比老大更早抓到妳，然後把妳當成交涉材料，逼老大說出『投降』二字。」

莎拉重新戴好報童帽，注視著麗琳。

「請乖乖就範，小妹不會傷害妳的。」

「……我感覺自己受到相當無禮的對待耶。」

「先無禮的人是妳。小妹要讓妳和愛爾娜前輩一樣頭上腫一個包。」
莎拉對於大方說笑的自己感到滿意。
她平常有在觀察百合和莫妮卡，向她們學習如何與人舌戰。
一如她所料，麗琳神情煩躁地握緊鐵扇，用力到指尖都泛白了。敵人不是受過訓練的間諜，即使是莎拉這種程度的精神攻擊也行得通。
（但是老實說，小妹其實害怕得不得了………）
現在不是擔心自己做不到的時候，而是只能硬著頭皮去幹。
「鳳」的菁英打敗了多少龍沖的幫派分子？

「小妹要是連妳這種人都打不倒，哪還有資格站在老大身邊呢……！」

小妹一定辦得到！莎拉這麼告訴自己。
小妹是獲得克勞斯認同的奇才！應該要為身為曠世天才的自己感到自豪！
「居然連我們的實力相差多少都看不清！簡直愚蠢至極！」
受到挑釁的麗琳撲上前來。
莎拉即刻後退，衝出店外。那裡是一條距離剛才的戰鬥地點不遠的小巷。道路曲折蜿蜒，附近一帶盡是坡道和階梯。路上到處都是突出的招牌，視野極度不佳。

莎拉在那條小巷中奔跑，一面提防隨時可能現身的對手。

「妳以為妳逃得了嗎？」

麗琳果然又搶先一步，出現在莎拉面前。

她稱為縮地的移動速度，以跑步來說實在過於迅速。

但是，莎拉也不是毫無對策。

她將藏在手裡的紙袋扔向麗琳。

麗琳用鐵扇彈開那個袋子，結果袋子破掉，從裡面撒出來的粉末襲向她。

「！是花椒！」麗琳咳個不停。

刺激鼻孔的氣味瀰漫整條巷子。在龍沖，隨處都能買到刺激性強的辛香料。只要將其磨碎，就成了簡易的催淚彈。

敵人的視野堵塞了。

莎拉立刻將槍口瞄準她，然而麗琳很快就使出漂亮的後空翻，躲到建築物後方。

「真是不巧，這座城市我就算閉著眼睛也能到處跑！」

麗琳信心滿滿的說話聲傳來。

可是由於聲音受到四周牆壁反射，因此無法掌握她正確的所在位置。

「妳已經沒招了嗎？既然這樣，那我接下來就要把事情做個了結！我趕時間，因為我用電話聯絡不上本部！」

「……妳的本部已經被消滅了啦。」

「事到如今還敢騙人！真是可悲啊！」

麗琳聽不進去莎拉的話。

她大概是那種從一開始就放棄鬥智，即使是意氣用事也要設法將場面帶入格鬥戰的類型吧。隨便敷衍對她無效，真是棘手。

莎拉做好心理準備，用雙手緊握住手槍。

「珠寶組八人幫的祕術——我要讓妳見識我使出渾身解數的縮地！」

麗琳這麼大喊的同時，莎拉感覺到扎人的殺氣增強了。

不可思議的景象在眼前上演。

才聽見腳步聲從南邊傳來，就見到麗琳在北側的商店屋頂上奔跑。剛剛在東邊捕捉到她的身影，下個瞬間又看到麗琳在西邊的招牌上跳躍。她以無法憑常識思考的方式自由自在地移動，逐漸包圍住莎拉。

但是——

「小妹已經識破妳的詭計了。」

莎拉並沒有不成熟到會一直受她的技術玩弄。

因為她一直以來，都和騙人技巧更加高明的同伴進行訓練。

「妳的謊言水準真低啊，世上根本不可能會有什麼縮地。小妹利用剛才的花椒沾染上味道了，只要利用那個味道，就能夠看穿妳的移動方式。」

不久，麗琳在正面現身，一副準備要攻擊似的高舉鐵扇。

小狗強尼在莎拉腳邊大聲吠叫。

「雙胞胎——妳的移動方式根本只是騙小孩的玩意兒！」

背面射擊。

莎拉沒有轉身，而是改為單手持槍，然後將右手裡的手槍穿過左邊腋下，朝背後開槍。

「什——！」

後方傳來慘叫聲。

莎拉一轉身，就見到麗琳用手按住流血的小腿。莎拉不甚純熟的射擊技術，似乎讓朝背面射擊的子彈往下偏移，沒有筆直地飛行。

當然，她並沒有打算真的殺死麗琳，因此鬆了一口氣。

莎拉動了動鼻子嗅聞味道，可是沒有聞到花椒味，小狗也沒有做出反應。
看樣子，有兩個麗琳這一點是不會有錯了。
「真是合作無間啊。」
莎拉開口。
「兩名女性演成只有一名女性的樣子，技術真是高超。」
儘管只是巧合，但是這和莎拉學到的詐術的概念很相近。
結合長處和欺騙。
雙胞胎搭檔與謊言的結合。「合作」×「錯覺」——冒牌縮地。
這便是她們的格鬥方式。
「唔……」麗琳臉上汗水直流。「沒想到居然被妳看穿了……」
「小妹已經不是會相信縮地那種天馬行空的玩意兒的年紀了啦。」
莎拉裝模作樣地說明。
回頭想想，麗琳從第一次見面開始，就一直執拗地強調自己是「八人幫之一！」。她可能是為了掩飾自己是雙胞胎，才刻意讓人留下那種印象吧。
莎拉一個深呼吸，將手槍的瞄準器對準麗琳的額頭。
「投降吧，妳已經逃不掉了。」

「妳可真有一套啊……！」

麗琳用鼻子哼了一聲。

事到如今，她臉上依舊掛著得意洋洋的表情。

「不過，這場對決是我贏了。妳想想看，妳的敵人有兩個。我姊姊可以從背後攻擊拿槍威脅我的妳。」

「……說得也是喔。」

「這次是妳輸了。妳已經走投無路了。」

麗琳咧嘴笑道。

「我限妳三秒內把槍放下。若是不從，姊姊就會用鐵扇將妳劈開。」

「……………………」

莎拉沒有放下手槍。

她可以想見自己現在若是照做，一定會被眼前的麗琳用鐵扇攻擊。

但是就現狀來看，要阻擋她姊姊來自後方的攻擊是不可能的。而且也不能射殺眼前的麗琳，因為莎拉必須讓她吐出情報才行。

——莎拉將會戰敗。

即使識破敵人的詭計，她也無法憑格鬥打贏麗琳她們。

況且現在是二對一。敵人不是莎拉能夠正面打贏的對手。

莎拉很弱。

所以，她才需要足以翻轉實力差距——專屬於自己的騙術。

麗琳在數完三、二、一之後笑了。

「來吧！麗華姊姊！請從背後攻擊這傢——」

「——小妹是故意不動，好把人引誘過來的。」

莎拉平靜地宣告。

「代號『草原』——四處奔跑的時間到了！」

隨後，莎拉的背後再次傳來陣陣哀號。

為了襲擊莎拉，麗華——麗琳的雙胞胎姊姊來到巷子的地面上，但這時卻有一隻巨大老鷹像是已經等待這一刻許久地飛了過來。

那是被取名為巴納德，莎拉最信賴的寵物。

老鷹將爪子用力扎進麗華的上手臂，並且用尖銳的鳥喙猛啄她的脖子。

「哇、哇啊啊啊啊啊啊啊啊啊啊啊！這是哪裡來的動物啊！」

彷彿要給予追擊一般，胖鴿子艾登接連用身體衝撞麗華，小狗強尼也拚命地啃咬麗華的腿。

受過莎拉調教的寵物們對麗華展開圍攻。

麗琳慌張地大喊「姊姊！」，可是莎拉重新用手槍抵著警告她「不准動！」，迫使她停止動作。

「妳如果想救妳姊姊，就把武器給扔了。」

「…………！」

「小妹很清楚妳們看不起我，所以只要小妹現身，妳們就會放下戒心靠過來。這麼一來，小妹只要趁機讓動物們包圍妳們就好。」

莎拉拚命地思考軟弱的自己能夠施展何種騙術。

最後她想到的方法，是把軟弱的自己當成誘餌。也就是故意讓自己暴露在危險之中，利用動物們打敗鬆懈大意的對手。

「調教」×「誘餌」——人獸夾攻。

這便是莎拉所創造出來，身為間諜的作戰方式。

結果，莎拉成功徹底封鎖住雙胞胎的行動。

（小妹也能夠戰鬥……！）

接下來只要威脅就好。老鷹巴納德的力量大到足以貫穿人的頸動脈，比莎拉本身還要強大許多。

眼看自己即將迎來首次的單獨勝利——

「咦……………？」

莎拉的思緒卻遭到中斷。

側腹受到了重擊。耐不住疼痛的她倒了下來。

「好……好痛……？」

看到滾落在眼前的物體，莎拉頓時想通那是什麼樣的攻擊手段。

——水晶球。

應該是正在和動物們纏鬥的麗華扔出來的吧。因為她把手藏在鐵扇後面讓人看不見，所以莎拉沒能閃避開來。這時，莎拉想起她們先前確實好幾度使出無形的攻擊。

——雙胞胎使用的另一個攻擊手段。

難以操使的鐵扇，其實是用來掩飾投擲水晶的動作。

因為莎拉倒地而重獲自由的麗琳，上前驅趕包圍麗華的動物們。動物們眼見形勢不利，趕緊撤退到莎拉身邊。

「「妳這個小鬼挺有一套的嘛……！居然設下雙重、三重圈套，這就是你們間諜一貫的作風對吧？我們學到教訓了！」」

雙胞胎異口同聲地威嚇跪伏在地的莎拉。

莎拉已經無法動彈，計策也全都用完了。老鷹巴納德像在催促莎拉快逃似的輕啄她，可是側腹的疼痛卻讓她什麼也做不了。

「「納命來吧！」」

雙胞胎以默契十足的動作高舉鐵扇。

「妳這個人會不會太極端了啊？」

就在此時，別的說話聲從背後傳來。

麗琳和麗華同時瞪大雙眼，莎拉也回頭望去。

結果見到藍銀髮少女——莫妮卡傻眼地站在那裡。

她一臉不悅地搔搔後腦勺。

「在下確實告訴過妳要對自己有自信，可是突然就跟黑幫單挑？妳那是什麼謎樣的行動力？難道妳還處於想要到處找人打架的年紀嗎？」

「……莫妮卡前輩，妳怎麼會在這裡？」莎拉倒抽一口氣。

「因為百合她們嚷嚷著『愛爾娜不見了，她迷路了』，在下於是出來找人，結果就碰上這麼奇怪的場面。」

麗琳和麗華直勾勾地盯著莫妮卡，像在揣測這個突然闖入的人有多少實力。

即使遭人以銳利的目光注視，莫妮卡依舊泰然自若。

「哼嗯，妳的詐術是『調教』×『誘餌』是嗎？」

她似乎已經暗中觀察一段時間了。

莎拉點頭之後，莫妮卡「唔嗯——」地陷入沉思，過了一會兒才做出評論。

「…………………微妙。」

結果是不及格。

莎拉沮喪地垂下肩膀。她明明已經很努力了。

「說到底，詐術就像是自己的一面鏡子。人生、信念、癖好、習慣——妳的生存之道，會創造出專屬於妳的騙術。」

這麼說完，莫妮卡臉上泛起柔和的微笑。

「把自己當成誘餌這件事不值一談。不過，妳並沒有妳想像中那麼弱喔。」

觀察過那番對話，麗琳二人似乎終於把莫妮卡視為強敵了。她們同時往後退開。

「「原來如此、原來如此！妳是援兵是嗎？有意思！」」

她們異口同聲地說。

「「我們要拿出真本事來了！這裡是我們雙胞胎的主場！竟敢惹我們，我們一定要讓妳們後悔莫及！」」

之後，兩人同時消失在招牌後方。

從四面八方傳來的腳步聲變得更加快速，顯示出她們和莎拉作戰時尚未使出全力。

好快。她們好比捕捉獵物的肉食動物一般，在莎拉和莫妮卡的周圍來回奔跑。

兩人明明隨時都會默契十足地聯手出招——

「好失望。」可是莫妮卡的反應卻很冷淡。

「咦？」

「在下本來也想趁機練習一下詐術，可是對手太弱了。把技術用在沒必要欺騙的廢物身上也只是浪費而已。」

她這麼發牢騷。

這番發言雖然讓人一時無法置信，不過莫妮卡這個人是不會隨便撒謊的。

「只用平常那招就夠了。在下就特別讓莎拉妳見識一下，在下的特技——偷拍吧。」

語畢，她拿出鏡子的碎片，將其往空中一拋。閃閃發亮的鏡片宛如細雪般紛紛落下。

「代號『冰刃』——愛戀擁抱到最後一刻。」

莫妮卡的眼珠開始細微地轉動，像是要看清所有映照在鏡子上的影像一般。不，憑她驚人的演算能力和精密動作，想必是辦得到的吧。仔細一瞧，她撒出去的除了鏡子外也有凹透鏡。

和她相處時間很長的莎拉，知道她擁有什麼樣的特技。

那份能力無以名狀。是她結合透鏡和鏡子所發動的神技。

偷拍——以肉眼辨識一定空間內所有物體的技能！

沒一會兒，麗琳和麗華高喊「「去死吧！」」，同時衝了出來。

可是莫妮卡不為所動。因為她已經全部看見了。

躲在暗處的她們的行動，早已被她掌握得一清二楚。

叩！叩！的悶鈍聲接連響起。

那是莫妮卡用手裡的小刀，以流暢的動作敲打麗琳和麗華的側頭部所發出的聲音。莎拉是見到她們失去平衡的身體，才恍然察覺發生了什麼事。

麗琳和麗華同時跪在地上，緩緩倒下。

瞬間獲得壓倒性勝利。

和莎拉相比完全是另一個次元的實力。

「結束了啊。就這麼接著奪取情報是很好——」

莫妮卡聳聳肩，將視線從倒地的麗琳二人身上移開。

然後「不過很遺憾——」這麼乾笑著說。「克勞斯先生已經來了。」

莎拉將視線轉向她所注視的方向。

克勞斯站在那裡。

一旁和他並肩而站的，是眼神不安的愛爾娜。好像是她把克勞斯帶來的。

「莎拉。」

克勞斯用好像已得知事情來龍去脈的口吻說。

「妳試圖獨自對抗敵人嗎？妳真勇敢。」

喉嚨深處不住顫抖。

好想大喊「小妹才不勇敢！」。整個人泫然欲泣。

到頭來，莎拉還是沒能打贏。軟弱，太不成熟，實力嚴重不足。她輸給「鳳」打敗了好幾人的黑幫，就連好不容易想出來的詐術，也是漏洞百出的失敗之作。要是沒有莫妮卡相助，她早就丟掉性命了。

「——好極了。」

可是，從他望著自己的沉穩眼神中，莎拉獲得了無比的成就感。

◇◇◇

事情告一段落之後，莎拉被莫妮卡落落長地臭罵了一頓。

「說真的，妳到底在做什麼？居然把臨時想到的點子拿到實戰中試驗，妳是笨蛋嗎？妳和百合是同個等級嗎？而且『調教』×『誘餌』……不行，只有十三分。妳又不是適合站上前線的類型，拜託妳以後可以不要再這樣失控嗎？總之，妳先把在下給妳的功課完成，之後再獨自行動。」

被她嚴厲批評了一番。

莎拉完全無法反駁。她的失控行為確實就算挨罵也是活該。

可是，莎拉品嘗到了滿足感。

——感覺自己稍微成長了一些。雖然還差得遠，但至少進步了一點點。

根據就是，莫妮卡的語氣比往常來得溫柔。

結果，莎拉直到太陽開始下山才獲得釋放。

因為很想確認任務的後續狀況，於是她前往「燈火」的據點，順便帶寵物去散步。

別墅位在龍沖島的小山丘上。

她在毒辣的太陽底下冒著汗，爬上陡峭的坡道。走著走著，眼前景色變得愈發開闊。在老舊的鋁製欄杆的另一頭，可以望見港口附近的建築群和龍沖蔚藍的大海。

坡道的中段處擺了一張小桌子。

桌前坐著一位占卜師，一旁擺了寫著「水晶算命」的招牌。

白天也見過一樣的東西！莎拉懷著不祥的預感，仔細確認那位占卜師的模樣。

結果坐在那裡的是愛爾娜。

「愛爾娜在向麗琳小姐致敬呢。」

「咦……………」莎拉頓時僵住。

她身上不知為何穿著龍華的禮服。禮服的布料是亮桃紅色，裙襬則加上輕飄飄的滾邊裝飾，看得出來有經過一番改造。可能是想打扮成老虎的模樣吧，只見她頭上戴著黃色的耳朵，臀部還裝上一條黃黑條紋的尾巴。

她舉起水晶球。

「從現在開始，愛爾娜將成為龍沖的首席占卜師呢。愛爾娜會告訴以客人身分上門的目標，在車站的月台上會遇見好運，然後巧妙地將乖乖來到車站的目標推落軌道。為世人所畏懼、專精暗殺的間諜，愛爾娜就此誕生呢。」

「……………………………………………………………………」

莎拉不知該作何回應。

「…………」

「…………」

「…………」

「…………」

愛爾娜將老虎耳朵用力甩到地上。

「愛爾娜不幹了啦啊啊啊啊啊啊啊啊啊啊啊啊啊啊啊啊啊啊！」

「迷惘程度增加了！」

愛爾娜漲紅了臉，開始大鬧。她好像覺得非常羞恥的樣子，只見她也不顧那是地面就這麼蹲下來，然後開始在地上打滾。

莎拉急忙抱住她的身體，扶她站起來。

「對了，說到這裡，結果愛爾娜前輩好像沒能嘗試自己的詐術耶。」

「是呢，因為麻煩事接連發生呢，而且莎拉姊姊又那麼失控……」

「唔，關於那一點，小妹向妳道歉。」

「不過，愛爾娜也明白妳的心情呢。因為愛爾娜也很想快點變強，打倒『鳳』呢。」

「就是說啊。啊，可是不可以亂來喔。」

莎拉撫摸她的頭。

「莫妮卡前輩給了小妹忠告，她說詐術就像是自己的一面鏡子。不如我們先回去據點休息，之後再互相提出適合對方的點子，妳覺得如何？」

莎拉一直很掛心她過於積極的態度。隨便就踏入黑幫的地盤裡，這種行為實在是太危險了。

「……愛爾娜覺得自己………………」

愛爾娜抱著水晶球搖搖晃晃地走著。

眼中滿是憂愁。

「很討厭呢……」她的嘴唇動了動。

「咦？」

「愛爾娜討厭自己呢……這次的糾紛，也是愛爾娜造成的呢。」

愛爾娜觸碰用來防止墜落的鋁製欄杆，神情苦澀地低喃。

這是莎拉第二次聽到她這麼說了。她對於紡織工廠的失敗十分懊悔。

（可是，愛爾娜前輩的樣子感覺太不對勁了……？）

莎拉懷著戒慎恐懼的心情接近她。

「那不是愛爾娜前輩的責任啦。小妹也聽說事情的來龍去脈了。任務之所以失敗，是因為中途被捲入原因不明的爆炸之中……那次只是運氣不好而已，所以我們還是先回去休息吧。」

「的確相當不幸呢……」
愛爾娜一臉不甘心地左右搖頭。
小狗強尼在她的腳邊汪汪叫。
「…………」莎拉沉默下來。
「但是，愛爾娜不會這麼輕易就放棄呢。」
愛爾娜咬住嘴唇。
「讓『鳳』有機會趁虛而入的人是愛爾娜呢。一想到老師可能會離開，愛爾娜就好害怕呢。所以，愛爾娜要——」
像是要壓抑激昂的情緒一樣，愛爾娜緊握住鋁製欄杆。
——忽然間，欄杆歪掉了。
莎拉驚呼一聲。
接下來發生的一切，看起來就像是以慢速撥放一般。
從底部開始彎曲的老舊欄杆，以及愛爾娜隨之傾斜的身體。高度超過十公尺的懸崖。彷彿被吸入般墜落的身體。緩緩遠離的水晶球反射陽光。風兒吹拂。大海的氣味。懸崖下的石板。愛爾娜睜大的雙眼。莎拉拚命伸長的手。
「不幸……」愛爾娜的嘴唇動了。

小狗像在哀號似的大聲吠叫。

莎拉迅速伸出的手來不及握住——愛爾娜就這麼墜落懸崖。

3章　不幸

the room is a specialized institution of mission impossible
code name gujin

席薇亞曾經這麼說：

「愛爾娜在『燈火』剛成立時，感覺比較成熟穩重耶。」

那是所有人正在玩桌遊的時候。

每當少女們被訓練操到筋疲力盡、已經懶得動的時候，便會所有人一起玩遊戲。她們會在平常用來開作戰會議的桌子擺上遊戲盤，邊吃點心邊玩。

比起勝負，更重視炒熱氣氛的百合；平時都是憑直覺，但是到了決定勝負的關鍵時刻就會變得很強的席薇亞；想法讓人捉摸不透，但注意到時卻總是讓事情朝著對自己有利的方向發展的安妮特……在遊戲過程中可以見到每個人的作風，相當有趣。

然後，當愛爾娜因為得到最後一名而鬧脾氣時，席薇亞這麼對她說。

——剛認識的時候，妳給人的感覺比較成熟穩重。

愛爾娜回答。

「不是那樣子呢。只是因為不擅長溝通的人會對初次見面的對象築起高牆，所以精神年齡才會看起來比較高呢。順帶一提，當溝通障礙者慢慢敞開自己的心房時，若是被周圍的人說『奇怪？妳以前是這樣的人嗎？』，那可是一件非常羞恥的事情呢。」

「妳明明話就很多。」席薇亞說。

實際上一如席薇亞所言，愛爾娜也覺得「燈火」剛成立時的自己比較冷漠。但是現在已經完全被當成負責搞笑的角色了。

「這麼說來……」

百合的語氣顯得十分開心。

「我們已經博得愛爾娜的信賴嘍？」

「呢……」愛爾娜感覺到自己臉頰發燙。「就、就是這樣呢。」

結果，其他同伴紛紛對愛爾娜投以溫暖的目光。

愛爾娜感到更加難為情，忍不住低下頭來。

——感覺好舒適。

愛爾娜好幾次都這麼心想。

誠如緹雅之前說過的，愛爾娜確實有著喜歡依賴他人的一面。

連她也承認自己在精神方面很幼稚。對於像在撒嬌一般說出的「姊姊」二字，有時連她自己都會感到傻眼，覺得自己也未免太會耍心機了。

正因為如此，她十分珍惜願意接納自己的同伴們。

以及比誰都更——

「原來妳們幾個在玩新奇的遊戲啊。」

當愛爾娜腦中浮現出他的身影時，克勞斯正巧現身了。

百合立刻「老師也要玩嗎？呵呵，瞧我百合怎麼把你打得落花流水～」地這麼說，催促他在桌旁坐下。

遊戲因為克勞斯的加入，氣氛顯得更加熱鬧了。

他注意到桌遊的對戰人數是八人後，便說：「愛爾娜，妳跟我組成一隊吧。」

聽了這個提議，愛爾娜開心地高舉拳頭，回答：「好呢！」

願意接納自己的「燈火」，是她最珍惜的事物。

因為愛爾娜非常討厭自己。

◇◇◇

克勞斯的據點裡，設立了「燈火」和「鳳」的共同作戰本部。

「鳳」之中最常來此造訪的人是裘兒。雖然當地居民用「那個浪子身邊又有新的女人了……」這樣的目光看待克勞斯，不過被人這樣誤解反而是件好事，所以他決定不予理會，忍耐到離開龍沖為止。

——發生在龍沖國內，迪恩共和國大使館的情報洩漏事件。

那是現在兩支團隊正在追查的問題。

他們調查出大使館職員遭到當地黑幫收買，將機密情報外流的經過和流向之後，打算查明對方與敵國間諜之間的關係。

「燈火」和「鳳」遵照克勞斯的指示進行臥底調查。

在書房交談的是裘兒和緹雅。

「緹雅小姐，情況如何？之前的幫派分子有透露什麼嗎？」

「有，麗琳小姐已經全盤托出了。幕後黑手果然是鋼甕幫。裘兒小姐，可以麻煩『鳳』去確認情報是否屬實嗎？」

「嗯，沒問題。不錯耶，感覺差不多快要掌握住這次紛爭的全貌了。」

「是啊，而且機密文件的藏匿地點也漸漸呼之欲出了。」

兩人俐落地整合制定出計畫。

和緹雅一樣，裘兒在「鳳」的職責似乎也是統整情報和指揮。

共同調查的這一星期以來，緹雅有好幾次都深感佩服。身處合作緊密的「燈火」，「鳳」傾向於交由現場人員定奪的指揮方式對她來說十分新鮮。

裘兒似乎也受到了刺激，經常做出「喔～妳們會決定得那麼仔細啊」、「妳們的後勤制度很完美耶」之類的評語。

兩名指揮官相互合作，彼此學習。

但是另一方面，她們之間也曾瀰漫一觸即發的緊張氣氛。

「裘兒小姐，跟蹤這名目標的工作可以交給『鳳』嗎？那個名叫『翔破』的人，三天前也提交出相當詳細的資料對吧？」

「嗯，好啊，我會幫忙轉達的。」

「那人現在在哪裡臥底？是咖啡店之類的地方嗎？」

「這個嘛，我也不是很清楚耶。先不說那個了，那個叫『冰刃』的人可以去支援嗎？我看妳好像挺信任她的，她應該很優秀吧？」

「唔嗯，可能有點困難喔，因為她這個人很難相處。」

雙方不停地彼此試探。

到頭來，「鳳」除了裘兒和溫德之外，其他人都不曾現身。

「燈火」也同樣對葛蕾特、莫妮卡、莎拉的詳細資料三緘其口。

兩支團隊已確定要彼此交鋒。為了盡可能獲取情報、掌握優勢，兩人費盡心機地互相套話。

可是，她們雙方都互不讓步，守口如瓶。

心想繼續講下去也是白費力氣，死心的緹雅走向黑板。

黑板上，張貼著龍沖的海灣地帶的地圖。

「——來進行最後確認吧。」

緹雅說。

「接下來是在龍沖的最後一件任務了。後天，『鳳』和『燈火』將要奪取位在龍魂城寨內的機密文件。雙方將分頭行動，只要任何一人奪得文件，任務便宣告結束。」

「嗯。『鳳』和『燈火』，無論哪一方奪得都沒有問題。」

「你們有做好心理準備，到時可能多少會發生糾紛嗎？」

「那當然，把敵人和自己人搞混乃是常有的事。只要是不具殺傷力的暴力就可以容忍。」

裘兒理所當然明白緹雅的問題是什麼意思。

這天兩人談論的不單單只有任務，同時也認可在任務過程中攻擊自己人。「鳳」和「燈火」的互鬥已成定局。

緹雅投以微笑。

「較為優秀的部下才有資格跟隨在克勞斯老師左右。這一點也沒有錯吧？」

「那當然。」裘兒舔了舔嘴唇。

於是，「燈火」和「鳳」的比賽內容已定。

時間是從明晚二十二點開始。允許暴力，允許妨礙。

以克勞斯為賭注，在龍沖的巨大住宅區舉行的——機密文件爭奪戰！

「但是，真的沒問題嗎？」

協商結束後，裘兒笑瞇瞇地這麼問道。

「我聽說妳們團隊裡面有人受了傷，她要不要緊啊？」

「…………」

愛爾娜發生墜落事故的事情，好像已經傳開來了。

這也是沒辦法的事。因為兩天前的傍晚，莎拉神色驚慌地衝進來，說愛爾娜掉下懸崖了。當時的情況，大概也被「鳳」的某人撞見了吧。

「這個嘛，她好像有點太努力訓練了。」

緹雅泛起微笑。

「但是不用擔心。她沒有生命危險，而且傷勢也不算嚴重。」

「原來是這樣啊，那真是太好了。」

「就是啊。不過，感覺有點糟糕耶。」

「糟糕？」袤兒一頭霧水。

「因為那孩子受傷的原因是『太過努力』了。而她會這麼努力，都是因為不知打哪來的傢伙厚臉皮地插手我們的任務，還想要搶走我們的老大。在這起事件發生之前，我們有的成員還因為遲遲學不會詐術而心生膽怯呢。」

緹雅瞪著袤兒。

「我們所有成員都已下定決心，一定要將你們打垮。」

「……妳知道嗎？妳那樣叫做惱羞成怒喔？」

袤兒毫不退縮，反瞪回去。

兩支團隊的指揮官之間火花四濺。

◇◇◇

在據點的寢室內，百合幫愛爾娜褪去了衣服。

「百合出品的外用藥！」

接著她拿出裝有軟膏的瓶子。

最近這陣子，百合除了毒以外，也有在學習如何調製藥品。由於她很擅長調配，因此那款藥品的品質日益提升。

雖然平常不會表現出來，但其實她的個性相當認真。

百合將大量軟膏置於掌中，塗抹在愛爾娜的左手臂上，然後用手指戳戳右臉頰；她也仔細地塗抹於左肩和背部，接著伸手戳完左臉頰之後，又再戳了一次右臉頰。

最後，她同時戳了兩邊的臉頰。

「感覺臉頰被戳的次數有點多呢。」愛爾娜說。

「是妳想太多了啦。」

百合關上瓶蓋後，確認愛爾娜的身體。

「看樣子不會留下疤痕呢，真是不幸中的大幸。只不過得花上一段時間才能痊癒就是了。」

「呢。」

愛爾娜的墜落事故儘管沒有讓她身受重傷，傷勢也絕對不算輕微。她全身到處都受到撞傷，出現一塊又一塊的瘀青。雖然沒有生命危險，不過看了還是教人心疼。

「總之，妳今天就好好休息吧。妳應該稍微動一下就很痛吧？」

「是呢，會痛呢……」

「妳要乖乖地靜養喔。拜託妳嘍？」

百合溫柔地這麼說。

這時，「本小姐覺得很笨！」的說話聲響起。

百合在幫忙塗藥的時候，安妮特就躺在一旁的床上。她舉起伸長的機械手，一邊說「居然連續受傷兩次，本小姐覺得妳太不小心了！」，一邊戳愛爾娜的背。

「呢？那裡很痛呢！」

「本小姐要展開連續攻擊！」

「住、住手呢！強尼，拜託你呢！」

愛爾娜將躺在腳邊的小黑狗朝安妮特扔過去。

名叫強尼的小狗降落在安妮特的肚子上之後，就開始狂舔她的脖子。

安妮特踢動雙腿，「本小姐好癢！」地嚷嚷著。

愛爾娜一臉得意地用鼻子哼氣。

「莎拉姊姊把強尼借給了愛爾娜呢。接下來就由牠來保護我呢。」

小狗在安妮特身上露出炯炯有神的眼神。

那副充滿使命感的模樣，似乎能夠理解主人莎拉的體貼用心。

「莎拉真的很過度保護妳耶。」

百合笑了笑，之後像是忽然想起什麼似的接著說。

「不過話說回來，這陣子不幸事件還真的是接連發生耶。」

「呢。」

「愛爾娜，如果妳不介意的話，可以告訴我關於妳的體質的事情嗎？妳應該不單純只是擁有不幸體質吧？」

百合之前曾聽說過一次。

自罰傾向——那是愛爾娜所懷抱的扭曲慾望。

她在一場火災中失去了家人，之後便被禁錮在「只有我還活著太狡猾了」的執念中。她會無意識地尋求不幸，並且從中獲得難得的安心感。

可是光憑那段說明，還是有許多令人難以理解的部分。

「這件事情教人難以啟齒呢。」

愛爾娜語氣哀傷地說。

「如果要說，就得從愛爾娜家人的事情開始說起呢。可是，那並不是什麼開心的故事呢。」

「…………」

百合從那句話的背後，感受到沉重混濁的情感。

她坐在愛爾娜身邊，說「妳願意慢慢說給我聽嗎？」並握住她的手。

愛爾娜微微點頭。

「愛爾娜原本出生在貴族世家呢。雖然因為貴族制度已遭廢除，所以只是空有頭銜的貴族，不過依然保有一定的財產和名聲呢。但也因為如此，所以經常成為一些魯莽之徒的眼中釘呢。」

百合對此也略有耳聞。

愛爾娜的優雅舉止是源自於她的出身。她想必是在家人細心呵護下成長的吧。

她以無精打采的表情繼續說。

「每年聖誕節，我們全家人都會一起慶祝呢。父親和母親會買許多葡萄酒回來，哥哥準備餅乾，姊姊烤蛋糕……那天也是一樣呢。在愛爾娜八歲那年的聖誕節，那天深夜，有人將汽油彈扔進了客廳呢。」

「汽油彈……」

那是現在這個時代，平民最輕易就能製造出來的武器。可是與其方便製造的程度相反，汽油瓶的威力之凶猛，甚至曾在世界大戰中創下阻擋坦克前進的實績。

「當愛爾娜發現時，火勢已經蔓延開來，延燒到整棟宅邸。而最後能夠從全毀的房子中逃出來的……」

她哀傷地左右搖頭。

「…………就只有愛爾娜呢。」

百合不禁倒吸一口氣。

「究竟為什麼會有汽油彈被扔進來啊？」

「不知道呢。沒有人目擊到投擲汽油彈的瞬間，最後也沒有抓到犯人呢。只不過，警方推測犯案動機應該是出自對富裕階層的嫉妒呢。」

「啊，我明白。」百合也心有所感地附和。

大戰結束後的時代有多麼混亂，百合也同樣清楚。全國人民都在爭奪那少許的財富，尤其都市內的失業者往往都會淪為幫派，恣意地搶奪財物。而富人只因為有錢，便成為那些人殺害的對象。

——少女們誕生在一個充滿痛苦的世界上。

愛爾娜的家人所遭遇到的悲劇，恐怕也是那些痛苦之一吧。

小狗在她懷裡小聲吠叫。

「從那之後，愛爾娜就——」

她神情痛苦地低下頭。

百合也再一次用力握緊她的手。

「——Stop！有人在走廊上偷聽喔，百合大姊！」

安妮特突然大喊。

百合赫然屏息，急忙將門打開。

站在走廊上的是溫德。他把兩手插在口袋裡、背靠著牆，以那副裝模作樣的站姿顯示他的從容。

「……我不是來偷聽的。」

他用混雜著輕蔑的目光望向百合。

「我只是在等裘兒的時候，聽見走廊上傳來有人粗心地大聲交談的聲音，因為覺得好像很有趣就稍微走近一點而已。」

百合狠狠地瞪回去。

自從決定共同執行任務之後，溫德和裘兒便開始頻繁地出入據點。他們大概是企圖收集「燈火」的情報吧。

「那樣就叫做偷聽啦。」百合冷淡地揮手。「也不想想到底是誰害愛爾娜受傷──」

就在她準備把溫德趕走時。

「不准碰溫德大哥是也。」

說話聲從天花板傳來。

細繩纏繞住百合伸長的手。想要甩掉時已經太遲，細繩反覆纏住她的手，沒一會兒便連一根手指也動彈不得。

——一轉眼便遭到拘束。

隨後，一名少女降落在百合身旁。她之前似乎是躲在天花板的夾層裡。

那名少女的個頭偏矮，渾身散發出一股凜然英氣。

胭脂色的長直髮，五官宛如用線勾勒出來一般清晰鮮明。長相中性化，直盯著百合不放的雙眼充滿威嚴。

「妳是……？」

「敝人名叫蘭，為『鳳』的成員是也。請多指教。」

百合早已聽說過那個名字。

代號「浮雲」——畢業考成績第三名，「鳳」的中心人物之一。

蘭一臉無趣地揮揮手指，將百合手臂上的細繩解開。接著她從百合身旁走過，看著寢室內的少女。

蘭「哼～」地嘆了口氣。

「『燈火』裡面連這種小不點也有啊，真令人掃興是也。」

愛爾娜和安妮特「嗯？」地歪頭。

頓了一會兒，兩人才總算明白她話中的意思。
安妮特的嘴角扭曲。
「妳剛才叫本小姐小不點？」
語畢，她的手指有了動靜。
她的裙子窸窸窣窣地蠢動，某樣發明品眼看就要從裡面冒出來。
「勸妳住手是也。」
可是蘭的動作快了一步。
她一揮手，安妮特的動作倏地停止。
動作好快。細繩從蘭的指尖延伸，有如生物一般纏繞住安妮特的手臂。
「只要在東西拿出來之前制止就沒事了。」
安妮特「……！」地瞠目結舌，僵在原地。
蘭制止了安妮特。拿出得意發明品的動作被徹底封鎖。
對於她的高超本領，百合也只有目瞪口呆的份。
「夠了，蘭。」溫德插嘴。「不要做無謂的爭執。」
「唔，敝人原本也只是想看看情況，是這傢伙先——」
「妳的個子也沒高到哪裡去。」

「總比這個小不點來得好是也！」

蘭一臉不服氣地嘀咕「好吧，既然溫德大哥都這麼說了」，便將纏住安妮特的細繩解開，然後轉身朝玄關走去。溫德也拋下一句「打擾了」，之後就離開朝她追去。

百合等人只能默默地瞪著兩人的背影。

愛爾娜的話就這麼被硬生生打斷了。

◇◇◇

溫德和蘭離開「燈火」的據點，搭船回到龍沖本土。

途中，他們發現自己走之前忘記跟裘兒說一聲，但還是不以為意地買了生煎包和炸雞，回到位於鬧區的公寓。抵達公寓的階梯，確認四下無人之後，溫德朝蘭的腦袋狠狠地使出一記手刀。

「好痛是也！」

蘭淚汪汪地蹲下。

「不要故意暴露自己的本事。」溫德斥責。

「敝人只是稍微惡作劇是也嘛～」蘭按著頭替自己辯解。

「……還有，妳那是什麼說話方式？」

「此為擬態是也。身為間諜，有時也必須改變說話方式才行。」

「妳那樣說話反而更引人注目。」

蘭不聽溫德的話，依舊「是也、是也」地嘟噥，一邊走上階梯。

溫德也沒有再繼續多說什麼。

在「鳳」裡，成員們經常會改變自己的外貌和語調。這是因為同胞的背叛，已使得迪恩共和國所有間諜的資料外流，因此他們不得不有所防範。畢竟培育學校的成績優異者的情報外流程度，目前還有許多部分尚待釐清。

「太棒了是也。」

蘭開心地說。

「吾等在此之前實在是吃太多苦了是也。先是突然被逼著接受畢業考、組成團隊，接著立刻就被送上前線；之後又歷經老大去世，只靠吾等自己完成任務的艱辛歲月……尤其溫德大哥更是格外努力。而這一切，終於即將有所回報了是也。」

「…………」

「得到最棒的老大，挑戰最高難度的任務——這是身為間諜的榮耀是也。」

「妳太心急了。」溫德說。「最後結果又還沒確定。」

蘭露出嚴肅神情，「說得也是，是也」地點頭回應時，兩人正好抵達房間。

說了句「我們回來了」進到屋內，許多回應聲紛紛傳來。所有人好像都到齊了。裘兒似乎也已經回來。

四名男女擠在狹小的房間裡。

有人坐在雙層床上，也有人直接躺在地板上。

將用紙包著的生煎包發給他們，一名青年發出「喔♪」的歡呼。

「這是百鞭飯店的生煎包耶♪不愧是溫德，你真識貨。我因為老是和女孩子一起吃飯，所以已經好久沒吃這種撒滿大蒜的男人味料理了♪」

「翔破」畢克斯。

這名青年有著一張小男孩般的娃娃臉，長相十分俊美。他滿面笑容地用讓人分不清是不是在挖苦的話，大力稱讚溫德。

在他身旁，一名用毛毯把自己裹住的女性神情恍惚。

「喔～畢克斯，你今天該不會又去約會了吧～？好好喔～法爾瑪也好想要被人包養喔～好想要錢喔～有沒有人可以給我錢啊～」

「羽琴」法爾瑪。

超過三個月沒有整理保養的亂髮，微胖的體型，以及半開著、看起來有些傻氣的嘴巴。這名女性的外表集結了所有邋遢的元素。

她靠在一直站在房間角落的青年腿上。

「我說庫諾～你養我啦～無止盡地投注金錢在我身上啦～你如果包養我，就會得到許多好處喔～你會從對法爾瑪的奉獻之中獲得喜悅喔？也就是所謂的火山孝子被虐狂喔～」

「……不，沒興趣。」

青年一口回絕。

「凱風」庫諾。

他的臉上戴著遮住整張臉的純白色面具。體型壯碩的他不僅個子高，肚子也大大隆起宛如鐘型。再加上那副面具，整個人看起來就好比一頭熊。

成員到齊後果然就很吵鬧。

「……不，你們應該要禁慾。」

「咦咦？可是如果沒有錢，就什麼也做不了啊？」

「庫諾♪要我和女孩子分開，是非常不合理的要求喔♪」

「對了，何謂火山孝子被虐狂是也？」

「喔，蘭，妳有興趣嗎？那是一個充滿愛與夢想的世界喔～」

「我也有興趣♪」

「……不……不。」

「嗯嗯……原來如此！呀哈哈，變態是也。變態是也！」

狹小的套房裡充斥著年輕人的聲音。裘兒在地板上感嘆地說：「討厭，真下流。相比之下，『燈火』要好多了。」他們卻依舊講個沒完。

這吵鬧的四人再加上溫德和裘兒，便是「鳳」的所有成員。

「啪！」的乾癟拍手聲在屋內響起。

「我討厭吵鬧。」

溫德攤開雙手。

「把嘴巴閉上——馬上要開始開作戰會議了。」

一邊吃著生煎包，「鳳」一邊舉行作戰會議。

原本吵鬧的室內安靜下來，只剩下裘兒的說明聲響起。

之前大聲嚷嚷的少年少女們抿緊雙唇，將與年紀相符的年輕人的笑容，切換成在殘酷世界中生存的間諜神情。

正是如此迅速的切換速度，使他們成為頂尖的菁英。

無論身處何種狀況，都能瞬間徹底集中精神。

所有成員將裘兒快速報告的情報一一輸入腦中。

說明大致結束之後，裘兒率先說出自己的看法。

「假使一切順利，我想我們是不會輸的，只不過還是必須有所警戒。雖然以前都是克勞斯老師在照顧她們，不過那群人畢竟也達成過不可能的任務。」

「……是。」庫諾喃喃回應。

「尤其這個名叫『冰刃』的人特別棘手。我記得她的假名是莫妮卡。」

說完，裘兒拿出一張資料。

上面記載著這一星期來收集到的「燈火」成員的情報。儘管不到逼近核心的地步，但是從對方正在執行的任務來看，仍可看出大致的實力。

「詳情不明，但是同伴對她的信任異常深厚。我認為應該要派兩個人去對付她。」

成員之中傳出困惑的質疑聲。

「兩個人～？可是我們雙方的人數本來就有差距了耶～？」法爾瑪用慵懶的語氣詢問。

「一個人就夠了♪妳太高估她了啦♪」畢克斯一派輕鬆地鼓譟。

可是裘兒並未改變指示。

成員之間瀰漫緊張的氣氛。

為了尋求判斷，他們將視線集中在領導人溫德身上。

「我不同意派兩個人。」

溫德即刻回答。

正當成員露出笑容贊同他的看法時，溫德再次開口。

「完全不夠。應該要派三個人去對付『冰刃』。」

溫德以外的所有人一臉錯愕。

他們當然也有自尊，個個信心十足地認為自己的能力絕對不差。然而居然派那樣的三個人去對付之前吊車尾的一人，這究竟是哪門子的主意？

況且「鳳」的成員只有六人，這麼一來就等於是把一半的人員都派去對付一名對手。

將眉毛扭曲成八字形的蘭問道：

「你的意思是，要先派三人趕緊將『冰刃』打敗是也？」

「不是，你們即使派出三人一樣會輸。我是要你們盡可能絆住她，好爭取時間獲勝。」

溫德的口氣十分尖銳。

「既然大哥這麼說，吾等自然相信你的話是也……」

蘭一臉不服地交抱雙臂。

「可是你的根據是什麼？還有，壓制了『冰刃』，那其餘七人要怎麼辦？」

「根據就是我的直覺。其餘兩人只要負責各應付一人就好。」

「這樣『燈火』還剩下五人是也。」

「由我一人來對付。」

溫德說得簡單，可是這個計畫太不平衡了。

包括蘭在內，「鳳」所有人都瞪著溫德。溫德的發言顯然是在瞧不起同伴的實力。他的指示等於是在說「我自己來，你們不要扯我後腿」。

以頂尖成績從培育學校畢業的自尊受到傷害。

可是對於一意孤行的溫德，他們卻又無可反駁。

「你們要是有怨言，就拿出成果來證明自己是對的。」溫德語帶挑釁地說。

——因為溫德太特別了。

即使身處被譽為菁英集團的「鳳」，他依舊格外與眾不同。尤其當「鳳」失去老大之後，他的成長速度更是突飛猛進。

「不會有問題的。『燈火』有一個缺陷，而我只要去攻擊那個缺陷就好。」

不久，作戰會議就在直接採用溫德意見的形式下結束了。

每位成員的眼中，都燃起了熊熊的鬥爭心。

◇◇◇

「鳳」舉行作戰會議的那天晚上，「燈火」也舉行了作戰會議。

八名成員已經好久沒有齊聚一堂開會了。最近這陣子的作戰會議，都是以克勞斯、緹雅、葛蕾特為中心舉行，其他少女只有負責執行。許久沒有像這樣互相討論、發表意見，讓人莫名有種懷念的感覺。

少女們不禁回想起訓練的事情。

全員為了打倒克勞斯，你一言我一語地討論。那是一段非常充實的時光。

明晚輸給「鳳」之後——「燈火」就會消失。

每當那樣的未來掠過腦海，語氣便自然而然地激昂起來。

計畫底定之後，接下來是克勞斯和少女們會面的時間。

她們坐在大廳的沙發上，圍繞著老大。這項作風無論是在祖國的陽炎宮，還是龍沖這個地方，都沒有改變。

「龍沖的任務恐怕會在下一次行動之後結束，不過這次的形式相當特殊。」

克勞斯說。

「探查大使館的情報外流事件——任務雖然是這個，但是我想應該已經沒有人在意了吧。我雖然覺得身為間諜，這樣的行為不太恰當，不過還是睜一隻眼閉一隻眼好了。反正偶爾這樣也不是壞事。」

少女們點頭。

這次最重要的事情是贏過「鳳」。任務不過只是一種手段罷了。

——搶在「鳳」之前取得成果，證明「燈火」才是配得上克勞斯的部下。

少女們一心只想著這件事。

克勞斯也點點頭。

「再說，奪取機密文件這種小事，我來做的話一下就結束了。」

「講得也太直接！」百合吐槽。

「但是我什麼也不會做，只會旁觀妳們和『鳳』哪一方贏得勝利。」

少女們「這樣就好」地予以肯定。

克勞斯出手幫忙的話就沒有意義了。她們要靠自己的力量打倒「鳳」。

「坦白說，我對培育學校這個地方不是很了解。所以說實在話，我無法理解妳們的自卑心理，也認為根本不需要去在意狹隘框架內的評價。但是，既然妳們晚上會因為那份心靈創傷而隱隱作痛，那麼我能夠說的就只有一句話。」

克勞斯說道。

「去贏得勝利，推翻過去的自卑感吧。」

聽了這句激勵的話，少女們堅定地回答「是！」。

會議時間到此結束。

百合率先站起身，對克勞斯說。

「老師，因為感覺會很痛快，所以請你要仔細地看著喔。」

「看什麼？」克勞斯反問。

百合笑了。

「就是看著老師的學生們，如何遊刃有餘地打倒那些狂妄的菁英。」

那副自以為是的笑容果然很適合她們。

「──好極了。」克勞斯這麼回應。

會議結束後，克勞斯對其中一名少女開口。

「愛爾娜，妳的傷勢還好嗎？不要太勉強喔。」

渾身包著繃帶的愛爾娜回答：「雖然會痛，但愛爾娜是不可能休息的呢。」

「這樣啊。」克勞斯喃喃地說。「……這次的戰鬥結束後，我有話跟妳說。」

愛爾娜滿腹狐疑地歪頭。

可是克勞斯只是露出有些落寞的神情，一句話也沒說。

就這樣，二十四小時後——「燈火」和「鳳」點燃戰火。

◇◇◇

決戰的舞台被稱為「龍魂城寨」。

官方訂定的名稱則是龍魂非法住宅群。

那裡從前據說有一座龍沖為了保衛國土、抵禦外敵而興建的城寨。可是後來成為芬德聯邦的殖民地之後，城寨便遭到拆除，只剩下一片廣大的土地。

定居在那裡的是來自極東各國的難民。世界大戰結束後，許多人為了逃離殖民地或內戰，開始聚集到龍沖以尋求安全。可是連護照也沒有的人即使來到這裡也不可能會有工作，於是他們便在已化為廢墟的龍魂城寨遺跡落腳定居。

這便是龍魂住宅區的起源。

不知不覺間，居民增加，住宅區也隨之不停增建。

居民接連擴大城寨的行為最後連官方也制止不了，於是這裡便成為好幾千名無處可去之人居住的地方。毫無規劃地增建住家到最後，這個甚至被人傳言「一旦進去就出不來」、「居民遇難餓死在裡面」的異樣空間，不久就被市民以從前的「龍魂城寨」這個名字稱之。

如今，龍魂城寨已是世界數一數二的巨大水泥都市。

最高樓層據說高達十二層，也有人說是十四層。正確數字無人知曉。

這裡也形成了獨立的經濟體系。無視食品衛生管理法的餐館、密醫、走私的海外製品、非法的重武器和毒品，就連賭場和風月場所也有。

掌管此地的是名為鋼甕幫的黑幫。他們在這個連警察都無法踏足的空間裡自行訂立出規則，控制無處可去的龍魂城寨的居民。

外流的機密文件，就藏在這個住宅區的某處。

間諜們已在事前約定好潛入的時刻。

一旦踏入龍魂城寨，就會被黑幫的守衛發現、受到警戒。對於排外的龍魂城寨，採取偽裝成居民潛入的手法太費工夫了。因此在同一時間一起闖入奪取文件，才是最聰明的做法。

比賽十分公平。

晚上十點，「燈火」從南邊、「鳳」從北邊，雙方同時踏入龍魂城寨。

兩支團隊就這麼靜靜地展開對決。

◇◇◇

「燈火」的司令塔——緹雅利用她擅長的交涉技巧，事先租下了一個房間。

她以花言巧語誘惑，收買了龍魂城寨的一位居民，在狹小到勉強可以讓人躺下的空間裡成立作戰本部。貼上事前取得的地圖（雖然內容似乎並不正確），設置安妮特特製的巨大無線電機。

緹雅將在此對同伴下達指示。如果不隨時透過無線電保持聯繫，有可能很快就會迷路。

陪在一旁的克勞斯微微點頭。

「那麼我走了。我去看看情況，以免有人受太嚴重的傷。」

「好，麻煩你了。」

在這種情況下，光是克勞斯和緹雅共處一室這件事情本身，就有可能成為少女們的助力。既然這次的目的是正面衝突並贏得勝利，那麼克勞斯就應該離開。

但是就在準備踏出房間一步時，他忽然停下腳步。

「不過，這個地方那麼大，實在不曉得誰會在哪裡出局。」

如今龍魂城寨的內部，已成為連居民都無法掌握全貌的迷宮。即使是克勞斯，他也無法對一切瞭若指掌。

結果，緹雅一臉意外地回應。

「哎呀，老師，第一個出局的人選已經確定了喔。」

「嗯？」

「無論如何，『鳳』的一名成員會出局這一點是無庸置疑的。你要是覺得不放心，就過去看看吧。」

「妳還真有自信啊。」

「是啊，因為她斬釘截鐵地說『我絕對會打敗一人』。」

克勞斯不禁感到佩服。

令人意外的宣言。居然在這座複雜離奇的迷宮內，而且還是對「鳳」這樣的對手做出擊退宣言。究竟是誰這麼大膽敢如此斷言呢？

在克勞斯的注視下，緹雅面露微笑。

「我決定讓她自由行動。」

用非常愉悅的笑容回應克勞斯。

「就是那名只要事關老師便會發揮好幾倍實力，墜入愛河的堅強女子。」

比賽開始二十五分鐘——兩隊早早便展開衝突。

◇◇◇

裘兒被猶如魔窟的龍魂城寨給震懾到了。

（真是不妙啊。感覺只要稍微閃神，就會搞不清楚自己身在何處……）

毫無規劃的反覆增建，創造出一個複雜離奇的空間。

由於毗鄰的建築高度參差不齊，有時以為自己正走在三樓，卻忽然就來到了四樓。又或者從三樓延伸出去的樓梯，直接就通到了五樓。

無限擴張的水泥世界裡空氣凝滯，到處飄散著霉味。若是進到建築的深處，便會發現裡面連扇窗戶也沒有。依循著從門戶大開的屋子透出的光線，裘兒慢慢地潛入內部。

另外，阻撓入侵者的不只是空間。

還有龍魂城寨的居民。

（……已經被發現這裡有外人了啊。）

為了避免遇上其他人，裘兒小心翼翼地前進，可是這個空間卻讓她連哪裡有人在窺視都不知道。

居民們「出現了幾個陌生人」的議論聲傳來。他們雖然沒有直接加害裘兒等人，但是這個消息想必用不了多久就會傳到黑幫耳裡吧。

（要是有多一點的時間，就可以冒充成居民，或是收買居民了。都怪這裡的人們太過封閉，害我們費了好大力氣也才只收集到一點點情報。）

可是，就算抱怨也沒用。

「鳳」和「燈火」的條件都一樣。

裘兒停在已經打烊的牙科診所前，豎耳傾聽。

——收集大範圍的聲音。

她的耳朵正確地捕捉到還醒著的居民的說話聲。

鋼甕幫的幫派分子好像正在高樓層手忙腳亂。大概是得知有不明人士在住宅區內徘徊，所以急著想要保護機密文件吧。

（嗯，這次看來也會很順利。）

推測出機密文件的所在之處後，裘兒開始移動。

步伐變得比之前輕盈許多。

（老實說，「燈火」根本沒什麼好怕的……她們大多感覺沒什麼實力……）

從最近的資料來看，幾乎所有任務都是交由克勞斯和「冰刃」處理。之前的不可能任務，大概也主要是由他們兩人完成的吧。

不足為懼，這便是她對「燈火」的評價。

（順利的話，今晚克勞斯老師就會成為我們的老大了。好令人期待喔～）

裘兒滿心雀躍。

無論是身為間諜的尊嚴，還是仰慕理想異性的少女心。

裘兒回想起與他一同挑戰任務的日子。世界最強的間諜比想像中還要能幹許多。儘管外表看起來冷淡，但是交談之後便會發現他不僅幽默，而且還很體貼。

因此，裘兒有了一個美麗的夢想。

（不曉得克勞斯老師現在有沒有交往對象——）

「那個翡翠色頭髮的女人！她好像在這邊！」

破口大罵的聲音打斷了妄想。

而且說話聲不止一個，是有好幾個。人數感覺相當多。

「咦？」裘兒不由得低呼。

她幾乎是反射性地躲進倉庫裡。異常事態發生了。

裘兒豎起耳朵，一個一個地辨識怒吼聲。

「出現竊賊了！」「那個狡猾的女人偷走了我的錢包。」「我的借條被搶走了。」「這下只能把她宰了。」「竟敢小看龍魂城寨的深厚情誼。」「一旦發現她，就立刻把她抓起來。」「那是一個翡翠色頭髮，戴著土氣眼鏡的女人。」「名字好像叫做裘兒。」「把戴土氣眼鏡的女人找出來。」

渾身顫慄。

「等一下等一下等一下等一下等一下！」

汗水如瀑布般從全身噴發。

裘兒為了自己印象中不曾做過的事情，遭到龍魂城寨的居民憤怒痛斥。好幾十人呼朋引伴，正在尋找裘兒的下落。

（等等，為什麼居民會如此激憤？而且還盯上了我？要打倒所有人嗎？不可能、不可能。對方是普通人，而且數量也太多了！）

這次的任務內容，是從黑幫手中搶走機密文件。居民既非敵人也不是自己人，是處於灰色地帶的存在。她不可能做出與好幾千名龍魂城寨的居民為敵這種愚蠢的事情來。

這裡的治安極差。要是被抓到，最壞時說不定會慘遭殺害。

裘兒把自己塞進倉庫深處。男人們發出駭人的怒吼，跑過倉庫前。

她豎起耳朵，等到外面沒有聲音了，才悄悄地從倉庫出來。

結果這時，正好有一個人從倉庫前方的屋子現身。

「……裘兒，妳沒事吧？好像發生意想不到的狀況了。」

「溫德！」

站在那裡的是「鳳」的領導人。沒有比他更值得信賴的人了。

裘兒情不自禁跑上前去。必須交換情報，弄清楚究竟發生什麼事才行。

見到他也朝自己走來，裘兒泛起微笑。

然而下個瞬間她便察覺——不對，溫德不會發出這種腳步聲。

可是已經太遲了。

「代號『愛娘』——笑嘆的時間到了。」

完全不同的說話聲從口中發出。

溫德——裘兒原本以為是溫德的人將臉皮撕下，露出底下葛蕾特的臉孔。她立刻舉起的針，

在龍魂城寨昏暗的走廊上發亮。

針刺入了裘兒的手臂。

一瞬間，裘兒全身如同著火般發熱，無力地倒下。

「這是百合小姐所調製的毒藥……妳暫時是站起不來的……」

「嘎！哈啊……！」

裘兒感到呼吸困難，意識也開始變得混沌。

被揪著衣領運送到空屋的途中，她領悟到這一切原來都是葛蕾特的計謀。葛蕾特恐怕是變裝成了裘兒，然後明目張膽地偷竊、激怒居民吧。

（不會吧……她以前在培育學校時明明沒這麼會騙人……！）

記憶的一角，浮現從前在同所培育學校生活時的葛蕾特的身影。

但是，那是吊車尾學生的醜態。葛蕾特的腦筋雖然動得快，卻缺乏體力，幾乎沒有行動能力。就連擅長的變裝，也因為患有男性恐懼症而無法善加運用。

進行格鬥訓練時，裘兒不知道把葛蕾特摔出去過多少次。

就算交手一百次，裘兒也不可能會輸給葛蕾特。

（怎麼會……我明明也不弱啊……！）

錯愕不已。

裘兒被帶到一間小小的空屋。屋內由於地板傾斜，並不是一個適合居住的空間。在毫無規劃的增建之下，龍魂城寨內有好幾個這種空洞般的屋子。

裘兒癱軟地倒臥在那個房間裡。

遍布全身的毒藥毒性強大，讓她甚至無法隨意活動手指。

「……好久不見了，裘兒小姐。」

葛蕾特用平靜的目光俯視她。

「我以前在培育學校裡經常輸給妳呢……當時的妳比誰都來得優秀。我也曾經有好幾個夜晚對妳心生嫉妒……認為有資格被某人愛著的人，一定是像裘兒小姐妳這樣的聰明人，而不是醜陋又讓人覺得沉重的自己……」

語氣自始至終都既溫柔又沉穩。

但卻同時也蘊含著一股熾熱。

「但是，儘管如此……現在的我，心裡有了無論如何都不想讓給別人的人……！」

面對葛蕾特強硬的口吻和凌厲瞪視，裘兒緊抿雙唇。

（她究竟發生過什麼事……？在我不知道的時候！）

沒錯，裘兒一無所知。

不知道被帶到「燈火」後，為克勞斯墜入愛河的少女有了爆發性的成長。不知道她為了分擔心上人的辛勞，讓未能在培育學校施展的才能綻放的用心。

身處這場爭奪克勞斯的戰爭，葛蕾特不可能不奮發振作！

「請放心，這間屋子很安全。不過話說回來，若是我告訴居民妳在哪裡，妳應該會受到制裁吧……」

葛蕾特對渾身依舊動彈不得的裘兒輕聲說道。

「——妳願意把『鳳』的所有情報告訴我吧？」

面對無庸置疑的威脅，裘兒感受到令人戰慄的絕望。

在這場和「鳳」的對決中，葛蕾特的智謀率先給了對方重重一擊。

◇◇◇

龍魂城寨北側二樓——

脫隊單獨行動的葛蕾特，回到藏身於此的愛爾娜和百合身邊。

她一副神清氣爽地報告。

「我剛才威脅裘兒小姐，打聽出情報了。目前已知『鳳』的成員的大致情報和活動地點……

另外，機密文件似乎位在龍魂城寨的高樓層……當然，我也有讓裘兒小姐失去行動能力。」
「一開始就戰果豐碩！」
百合訝異地驚呼。
一旁的愛爾娜當然也瞠目結舌。
（葛蕾特姊姊太厲害了呢……）
沒想到一開始突然就脫隊的葛蕾特，居然帶了如此輝煌的戰果回來。
她好像一下就打敗了在培育學校所有學生中排名第四的裘兒。
儘管葛蕾特本來就認識裘兒，而且這場對決讓葛蕾特燃起了熊熊鬥志，她的表現依舊太亮眼了。
「不過，還是有必要確認情報的真偽呢。」
愛爾娜冷靜地說。
畢竟裘兒說謊的可能性十分濃厚——
「……不，我認為情報的可信度很高。在我看來，裘兒小姐的樣子不像在撒謊。」葛蕾特這麼說。
「呢？」
「因為她渾身抖個不停。」

「妳做了什麼呢？」

「不過說得也是，為了以防萬一，還是一邊跟緹雅小姐聯繫，一邊確認好了。」

「今天的葛蕾特姊姊太可怕了呢！」

三人大幅移動到了龍魂城寨的北側，而緹雅所在的位置是南端。在遮蔽物多的這個空間裡，無線電無法直接接通。

這次「燈火」採用了無線電。平時她們為了防止遭人竊聽，只有在緊急情況下才會使用，不過這次連作為替代手段的莎拉的信鴿也不方便使用。現在，安妮特正在增設無線電的中繼器，預計再過一段時間，就能在整個龍魂城寨裡使用無線電。

少女們沿著水泥剝落的走廊，往南邊前進。

所幸，居民們的注意力都放在尋找裘兒上，移動起來很容易。

「愛爾娜。」途中，百合問道。「那孩子不重嗎？」

「習慣了就不覺得重呢。」愛爾娜回答。

此刻的愛爾娜，將莎拉的寵物犬頂在頭上。牠不停抽動鼻子，像要表現自我似的汪了一聲。

「牠是莎拉姊姊借給愛爾娜的護身符呢。」

「妳本來就有傷在身，千萬不要太勉強自己喔。」

「頂在頭上跑步這點程度不成問題呢。」

小狗又吠了一聲。

百合不再深究，專心移動。

一抵達龍魂城寨的中央地帶，和緹雅之間的無線電訊號很快就連上了。少女們鑽進勉強連結三樓和四樓的樓梯縫隙裡，拉長無線電機的天線。

『好，我明白了。我馬上就和其他成員分享情報。』

葛蕾特簡短地傳達完情報之後，緹雅以滿意的口吻這麼回答。

『真不愧是葛蕾特。妳這次上前線作戰，果然是正確的決定呢。』

「……這都要歸功於緹雅小姐替我大力美言。」

身為參謀的葛蕾特會來到最前線，似乎是緹雅提出的點子。她大概是信任葛蕾特的強烈鬥志，才會有此想法吧。而結果也證明她的判斷十分正確。

愛爾娜暗自思索接下來的行動。

（目前雙方有著八對五的人數差距呢……即使不正面衝突，單憑人數尋找機密文件，或許也有機會獲勝呢……）

在葛蕾特的功勞之下，目前形勢傾向於有利少女們。

可是，才剛這麼想。

『！你是從哪裡——』

無線電機中隨即傳來驚慌的呼聲。

通訊中斷。最後傳來的，是無線電機遭到破壞的聲音。

葛蕾特、百合、愛爾娜三人面面相覷。

在場所有人都察覺發生了什麼事——緹雅遭到敵人攻擊了。

比賽開始四十五分鐘——戰況從這時開始陷入混亂。

百合迅速收起無線電機。

「我們去救她吧。她所在的位置離我們不是很遠。」

「愛爾娜也贊成呢。」「……好。」

其他兩名少女也同意百合的提議。

依目前的現況，無法判斷襲擊緹雅的是「鳳」還是黑幫。如果是「鳳」，那麼應該不至於丟失性命，但若是後者就另當別論了。

愛爾娜等人朝著龍魂城寨的南邊移動。

南側的走廊上居民很多，路途中要完全避開其他人是不可能的。

她們抱著會被居民撞見的覺悟，奔跑前行。

「……我有一個點子。」葛蕾特提議。「待會兒再替裘兒小姐捏造大約二十項罪名吧。只要進一步煽動居民，我們行動起來也會比較方便。」

「妳也太狠了呢！」

愛爾娜哀號。

順帶一提，葛蕾特自從聽莎拉說「小妹看到老大和裘兒小姐很融洽地交談！」，之後便對裘兒滿懷敵意。

之後，少女們心無雜念地行動。

她們之所以能夠直線前往作戰本部，都是多虧葛蕾特發揮她的才智。在由冰冷水泥構成的龍魂城寨裡，即使是站在最前線的間諜也會失去方向感。

在葛蕾特的帶領下，她們來到一個開闊的地方。

從外露的地面來看，這裡似乎是龍魂城寨的一樓部分。

也就是所謂的主要道路。這條路寬二十公尺，以龍魂城寨來說算是相當大。道路兩旁餐館林立，招牌上用潦草的字跡隨便寫著「粥」、「麵」、「魚丸」等字樣。

抬頭望去，可以從如網子般交錯的晾衣桿後面，窺見缺了一半的月亮。

這時，葛蕾特停下腳步。

「……愛爾娜小姐，可以請妳提高警覺嗎？」

「呢？」

「我們被引誘了。」葛蕾特咬住嘴唇。「這裡是絕佳的埋伏地點……！」

聽完這句話，愛爾娜頓時也想通了。

——將即刻趕來解救同伴的「燈火」成員，在此一網打盡。

站在敵人的立場，這是最好的作戰策略。

然後，葛蕾特的預測成真了！

「是後面呢！」幾乎是在愛爾娜大喊的同時，一道人影跳了出來。

三名少女立刻往旁邊跳開，可是唯獨葛蕾特的反應慢了零點幾秒。百合雖然拉住葛蕾特的手臂，卻還是沒能來得及。

跳出來的人影速度很快，讓人聯想到狩獵草食動物的野獸。

刀子的刀背準確擊中葛蕾特的脖子。

「……哼嗯，虧我本來打算一次打倒三人的。」

那個影子在一瞬間遠離少女們，停了下來。

全身有如裝了彈簧，怪物一般的瞬間爆發力。從零到一百，再從一百到零。才剛遇襲，下個瞬間他便已移動至別處。

影子揚起嘴角。

「也罷，至少我將最棘手的女人打倒了。」

「溫德先生……！」

百合咬牙切齒。

愛爾娜也不禁顫慄。那是她們此時此刻最不想遇見的敵人——溫德。

「葛蕾特姊姊……」愛爾娜低呼。

葛蕾特猶如斷了線的木偶般失去支撐。

愛爾娜溫柔地抱住倒下的她，然後輕輕地讓她躺在地面上。

溫德和少女們保持約莫五公尺的距離，兩手各拿著一把刀子，對她們投以輕蔑的目光。

「……我從剛才就聯絡不上裘兒，是妳們搞的鬼嗎？」

「我不懂你在說什麼。」

「果然像是軟弱的那傢伙會有的下場。誰教她懷著無聊的自大心態。」

溫德用一隻手按住臉。

當他移開那隻手時，臉上的表情滿是怒氣。

「算了。拜她之賜，現在應該有不少人清醒了吧。」

「你這是在找藉口嗎？」百合挑釁地笑道。

「是不是藉口，妳們馬上就會知道了。」

他在手中輕輕地轉動刀子。

「妳們才是別小看『鳳』的實力了。」

那股懾人氣勢，令百合和愛爾娜同時屏息。

培育學校3098名學生中的第一名——「飛禽」溫德現出獠牙。

◇◇◇

這次，「燈火」一共分成了四組。

首先是負責積極妨礙「鳳」的莫妮卡。成員們判斷有辦法獨力愚弄菁英們的只有她，於是賦予她一發現「鳳」便展開狩獵的任務。

接著是以尋找機密文件為優先的百合、葛蕾特、愛爾娜。能夠變裝成任何一位居民的葛蕾特、在室內具備壓制能力的百合，以及能夠在容易發生事故的地方發揮真正價值的愛爾娜。適合在龍魂城寨這種地方行動的三人，是「燈火」的中心人物。

再來是居中的席薇亞和莎拉。她們透過無線電接收指令，持續隨機應變地行動。擁有能夠趕赴任何地方的身體能力的席薇亞，和能夠提供各種支援的莎拉，無疑是最適任的人選。

最後是負責傳達情報的緹雅和安妮特。安妮特設置無線電的中繼器，緹雅則透過無線電向同伴下達指示。

而如今，她們分別在不同地點與敵人對峙。

率先抵達「燈火」的作戰本部所在之處的人，是席薇亞和莎拉。

她們也和百合一樣，因為擔心突然聯絡不上的緹雅而趕來這裡。

緹雅倒在屋子的正中央，全身被繩子捆住，躺在地板上。從她睜著眼睛來看，意識好像是清醒的。她的嘴巴被堵住，發不出聲音。

儘管她無疑遭人襲擊，但是就從入口所見，她的身上沒有外傷，室內也沒有其他人影。

「妳等等，我馬上過去救妳。」

「到、到底是誰下的手？」

席薇亞和莎拉急忙踏入屋內。

就在這時，緹雅和席薇亞視線相交。

【不行】。

結果，話語自然而然地流進席薇亞腦中。

席薇亞反射性地停下腳步。緹雅正透過眼神在訴說著什麼。

【左邊】。

席薇亞立刻掄起拳頭，護著莎拉。

一名青年從屋內的冰箱內衝出。

「沒想到竟然會被發現，妳還真有一套耶♪」

用一副親暱口吻這麼說的，是「翔破」畢克斯。

這名青年有著一張小男孩般的娃娃臉。他大大地揮動自己的長腿，使出迴旋踢。

「是你對緹雅下手的嗎？」

席薇亞一邊擋下畢克斯的蹴踢，一邊詢問。

「真沒想到緹雅會這麼快就被找到。」

「那是當然的了♪因為立刻趕赴女孩子身邊，是紳士的品性啊♪」

看來畢克斯是屬於身手矯健的類型。從他的蹴踢力道可以看出這一點。

不過如果是近身格鬥，席薇亞也同樣拿手。

她有一項特技，就是能夠在伸手可及的範圍內，將所有東西奪走的竊盜技術。只要將對手的武器偷走就好。只要少女們單方面地獨占武器，就大致無人能夠打贏席薇亞。

如此心想的她，將手伸向畢克斯的身體——

「……奇怪？妳剛才對我做了什麼啊♪」

——然而卻什麼也沒偷到。

他的身上不存在任何像是武器的物品。席薇亞在衣服底下遍尋不著。

他大概是習慣赤手空拳作戰的人吧，席薇亞這麼推測。

既然如此，那麼只要我單方面地使用刀子——

「代號『翔破』——愉快粉碎的時間到了喔♪」

他大大地揮動手臂。

手裡握著的，是忽然出現的警棍。

席薇亞即刻以刀子擋下出人意表的攻擊。

「——！」

乍看只是輕輕使出的一擊，可是席薇亞卻整個人被彈飛出去。

身體彷彿遭到暴風吹襲一般被震飛。她牽連人在後方的莎拉往後翻滾，直到撞上牆壁才總算停下。

「雖然我其實不太想對女孩子這麼做啦♪」

「……你那是什麼怪力啊。」

纖細的身體中，隱藏著令人無法想像的怪力。

僅僅接下一擊就幾乎快要失去意識。

朝畢克斯望去，只見警棍已從他的兩手中消失，手裡空無一物。他一副心情很好似的，笑瞇瞇地站在那裡。

「居然沒有被我一擊打倒，妳很不錯耶。這下可以跟女孩子玩很久了♪」

「莎拉。」席薇亞不理會畢克斯的玩笑話。「妳剛才有看到他是從哪裡拿出武器嗎？」

「沒、沒有……小妹什麼也沒看見……」

莎拉像在發抖一樣，微微地左右搖頭。

她好像也不知道的樣子。

畢克斯是憑空拿出警棍。

完全地出人意表。無法預判他的攻擊距離。儘管知道應該提防他的怪力，可是掌握不了他的運用方式，還是讓人難以應對作戰。

（武器只有警棍嗎……？如果還有其他武器，那會是藏在哪裡？）

目前起碼知道他擁有欺瞞愚弄對手的技術。

——詐術。

結合特技與謊言的，間諜的作戰方式。

「我要使出全力了喔？因為我想要比溫德更早取得戰果♪」

畢克斯像是要展示自己空空的雙手一般，朝席薇亞伸出手臂。

培育學校所有學生中的第二名——「翔破」畢克斯阻擋在前。

◇◇◇

同一時刻，莫妮卡在龍魂城寨的屋頂上打了大大的呵欠。

她站在一彎上弦月底下。

眼前是一大片住宅區的景象。長出青苔的骯髒水泥，還有從小窗戶伸出來的晾衣桿和收聽廣播用的天線。

莫妮卡所在的地方，是龍魂城寨內最高聳的建築物的屋頂。潮濕的風從海上拂來，吹動莫妮卡的頭髮。這裡沒有瀰漫整座住宅區的霉味，取而代之飄來的是烤魚的味道。大概是某位居民正在享受深夜的小酌吧。

站了一會兒，她忽然感應到一股殺氣纏繞住頸項。

她即刻彎腰，閃避攻擊。某樣東西從頭頂上方通過。

莫妮卡將從各處突出的晾衣桿當成踏板，跳到矮一層的屋頂上。

「喔，居然閃過敝人的細繩，真有一套是也。」

莫妮卡方才所在的屋頂上，出現一名嬌小的少女。

無數細繩從她的指尖垂下。

「敝人乃『浮雲』蘭是也。請多指教。」

「是也？」

「唔，看來不受好評是也。可是敝人覺得這個形象設定很不錯啊。」

「蠢死了。」

莫妮卡嚴厲批評之後，將視線從蘭身上移開。

「還有另外兩個人對吧？在下看到你們了啦，胖女人和古怪面具男。」

一般無法以肉眼辨識的角度——可是，莫妮卡事先裝設的鏡子讓潛伏的人物一一現形。

經莫妮卡這麼點名，又有兩名新的間諜現身。

「我說啊～叫我胖女人會不會太過分了？」不滿地鼓起臉頰的豐滿女人，「羽琴」法爾瑪。

「……是。」這天也戴上純白色面具，掩飾表情的「凱風」庫諾。

包括蘭在內的三名間諜將莫妮卡團團包圍。

像是要襯托北方的天空一般，在月下笑著手拿細繩的蘭。以及彷彿要包夾莫妮卡，在南側雙手持槍的法爾瑪，還有在比她們矮兩層的東側屋頂上空手直立的庫諾。

「三對一啊。這就是『鳳』的計畫對吧？」

莫妮卡在屋頂中央嘆息。
葛蕾特從裘兒口中打聽到的情報，也已經傳入她的耳裡。
「……既然妳已經知道了，為何不躲起來？」
蘭皺著臉，神情疑惑地問。
「還大剌剌地將自己暴露在外，像是要人家來包圍妳似的。」
「因為這樣很輕鬆啊。在下什麼都不用做，就會有三個沒用的小嘍囉聚集過來耶。」
挑釁的話一出，蘭隨即展開行動。
她迅速收起細繩，同時取出自動手槍開火。瞄準的目標是莫妮卡旁邊的天線。被子彈彈開的天線朝莫妮卡飛去。
莫妮卡一邊閃避天線，一邊心生疑問。
她原以為蘭的武器是細繩，但是蘭卻沒有用那個來攻擊。
「吾等無意打贏妳是也。」蘭開口。
「嗯？」
「既然溫德大哥那麼篤定地說，吾等即使派出三人也贏不過妳，那便是真的。吾等已經放棄取勝了。」
在莫妮卡身後，法爾瑪和庫諾二人又開始潛伏。

他們似乎不打算三人同時進攻。

「你們不打算拿出真本事嗎？真是膽小鬼。」莫妮卡訕笑。

「妳再怎麼挑釁也是無效，吾等已習慣撒謊是也。就連這個說話方式也是其中之一。」

蘭也投以笑容。

「怎麼可能展現全部實力呢。偽裝實力、偽裝合作、偽裝特技，一再利用詐術加以推翻。妳要怎麼打倒拋棄勝利和自尊，一心只想爭取時間的三名菁英？」

「…………」

「來，跳舞吧，天才小姐。直到妳的同伴全數倒下為止。」

蘭神情愉悅地說完，再次將槍口對準莫妮卡。

畢業考成績第三名的「浮雲」蘭、第五名的「羽琴」法爾瑪、第六名的「凱風」庫諾。

三名菁英將開始耍弄莫妮卡。

——比賽開始七十五分鐘。「鳳」和「燈火」雙方正式展開互鬥。

◇◇◇

龍魂城寨中央一樓的主要道路。

在愛爾娜和百合眼前的，是一派悠哉、手持利刃的溫德。完全無懈可擊。若是想以手槍應戰，恐怕會被瞬間拉近距離的他砍斷手腕吧。

兩人透過眼神交流，做出最好的選擇。

——逃走。

沒有必要特地打倒溫德。這次最重要的，是比「鳳」早一步奪得機密文件。

只要逃跑就好。所幸，這裡是不缺地方逃跑的龍魂城寨。

兩人一溜煙地跑向建築內。

「原來如此，這個選擇還不賴。」

身後傳來溫德從容的聲音。

「假使妳們真以為自己逃得了的話。」

殺氣逼近。

愛爾娜二人拚命地邊製造阻礙邊逃跑。她們一下弄倒用來接排水管漏水的桶子，一下把廢棄的塑膠管扔出去。可是，溫德用刀子準確地將其打掉，絲毫沒有放慢追趕的速度，逐步縮短彼此之間的距離。

「愛爾娜，這邊。」

百合大喊，將愛爾娜拉過來。

那裡是住宅區內的一間屋子，狹小的空間勉強可容納兩人居住。室內雖然有人在此生活的痕跡，但幸好這時沒有人在。百合不知為何很有禮貌地說了聲「抱歉打擾了」，才穿著鞋子踏進去。

可是，那裡理所當然是死路，無處可逃。

溫德入侵屋內，毫不留情地亮出刀子。

百合堵住愛爾娜的嘴巴。

「代號『花園』──狂亂綻放的時間到了。」

從她豐滿胸前釋放出來的是毒氣。

愛爾娜也知道，那是百合的拿手絕活。

只對自己無效，卻會令對手麻痺的犯規必殺技。

「……！」

溫德立刻空揮刀子，往旁邊退開。可是他好像還是來不及閃避，從正面吸入了毒氣。

他雖然一度穩住身體，但沒一會兒依舊倒在地上，刀子也掉落在地。

「呵，你惹錯人啦。」百合滿意地挺起胸膛。「只要交給我天才百合，什麼菁英的——」

「快逃呢！」

愛爾娜拉著百合的手臂。

隨後，刀子掠過百合的脖子。

「妳說得沒錯。」

倒地的溫德彈也似的浮在半空中，揮舞刀子。

一如事前耳聞的。

全身驚人的彈性。當對手自鳴得意時，瞬間將其打倒的詐術——反擊瞬殺。

假裝輸掉是溫德的得意招數。

躍入空中的他，在落地那一刻雙膝跪地。

「……還是有吸到一點啊。」

那說不定也是演技。他可能打算趁對手接近時反擊。

既然無從判斷，愛爾娜兩人只能逃跑。

她們衝出房間，再次在龍魂城寨內部狂奔。

爬上感覺快要壞掉的梯子，穿越滿是破洞的走廊。已經分不清東西南北是哪個方向了。途中雖然引起擦身而過的居民側目，她們也顧不了那麼多，繼續奔跑。

一找到空屋，愛爾娜和百合立刻溜進去。

這裡好像也有人居住，只見地上鋪著樸素的地毯。愛爾娜很快地確認屋內的配置。流理台上堆放著廚房用品，入口處則有將近兩公尺高的大衣櫥。所幸沒有人在。

她們躲在牆壁後面，將意識集中在聽覺上。

可是，卻遲遲沒有聽見溫德的腳步聲。

「……唔，沒有追來呢？」

「或許……」百合低語。「毒發揮了作用也說不定。」

「呢……？」

「因為我的毒氣對老師也有效果。」

百合滿臉不快地說。

「假如只是吸到氣體，很快就能恢復行動力。我們錯失大好機會了。」

「——！」

聽了她的話，愛爾娜明白她們失策了。

溫德確實吸到了毒氣。

即使是天才，也不可能避開超出自己所知範圍的攻擊。那一次的反擊，大概讓他用完了最後的力氣吧。當時他的身體狀況是真的無法任意活動。

佯裝自己是假裝輸掉。

利用謊言打破困境，熟練間諜的作戰方式——詐術。

持續愚弄敵人，誘導對方跟著自己的步調走。那是愛爾娜二人所沒有的技術。

「不可以鑽牛角尖喔。」

這時，百合撫摸愛爾娜的頭。

「這下我們總算可以清楚地知道，菁英也是人，不是打不倒的對象。」

「……呢。」

「我們不要逃跑，留下來制伏他吧。他應該很快就會追來了。」

「…………」

在百合的鼓勵下，愛爾娜下定決心。

若是繼續放著溫德不管，成員有可能會陸續出局。恐怕沒有人在遭受他的突擊後，還有辦法與之對抗。能夠在埋伏這個大好條件下作戰的時機，就只有現在。

由自己來打倒他——打倒培育學校所有學生的頂點。

「愛爾娜有點子呢。」

愛爾娜開口。

「就是利用向莎拉姊姊借來的小狗，察覺他接近的時機呢。」

「喔，派上用場的時刻終於到了啊。」

「之後再用安妮特特製的超強手電筒，攻擊他的眼睛呢。」

「好。安妮特真的什麼都會做耶。」

愛爾娜把頭上的小狗放下，讓牠聞溫德遺落的刀子。

百合則從愛爾娜手中接過手電筒，讓燈光一閃一滅，確認沒有故障。手電筒釋放出讓整間屋子看起來像是白天的強烈閃光。

莎拉的寵物，以及安妮特的發明品。她們要用向特殊組的同伴借來的物品對抗敵人。

百合滿臉佩服地點頭。

「原來如此。那麼，之後要怎麼制伏他呢？」

「拿屋內的東西丟他呢！」

「好隨便！」

就在這時，小狗的鼻子動了。那是溫德到來的警訊。

百合用手電筒照射房間的入口，愛爾娜扔擲流理台上的平底鍋、不鏽鋼盆、砧板等物品。

從走道現身的溫德默默地彈開廚房用品，朝百合逼近。他的速度之快，讓兩人阻礙視線的行動顯得毫無意義。

但是，愛爾娜一直在等待這個時機。

「代號『愚人』——屠殺殆盡的時間到了呢。」

愛爾娜用腳使勁拉扯地毯。

衣櫥將會倒下。

對愛爾娜而言，要找出容易倒下的家具簡直輕而易舉。

溫德背後的巨大衣櫥眼看就要倒下。

「——！」

大概連像溫德這樣的高手也愣住了吧，只見他瞪大雙眼。

「這次你別想逃！」

然後，百合沒有放過這個可乘之機。

她立刻再次釋放毒氣，而毒氣也再次直接命中了溫德。

愛爾娜用雙手捂住嘴巴，心想兩人的計畫終於成功了。

（這下他應該會吸入毒氣呢……）

當遭逢意外事故時，人通常會在那瞬間大口呼吸，所以溫德會吸入毒氣。

假如光憑百合的毒贏不了他，那就再加上愛爾娜的事故。與同伴通力合作，是愛爾娜在「燈火」學習到最多的事情。

「燈火」有著「鳳」所沒有的東西——那就是和克勞斯共度的日子。

（愛爾娜等人擁有和老師反覆訓練的成果……！）

愛爾娜這麼告訴自己，奮發振作。

毒氣和傾倒家具的雙重攻擊，同時襲向溫德。

贏了！她的腦袋做出這樣的判斷。

眼前的景象，令她不禁心跳加速——儘管知道他的拿手詐術是什麼。

「妳們是不是作了一場美夢？」

隨後，溫德的身影消失了。

發現到時，他已經站在百合身旁，彷彿從一開始就在那裡。

少女們「咦？」地茫然驚呼。

「我已經見識過妳的攻擊了。只要不吸氣就能應對。」

溫德兩手中的刀子，同時毆打百合的肩膀和脖子。

「……！」百合吐了口氣，旋即癱倒在地。

從她手裡掉落的手電筒亮著燈，滾到愛爾娜腳邊。

「妳們可真單純啊。只要中了一次毒，妳們就會自己來對抗我，替我省下不少麻煩。」

溫德看似乏味地說。

佯裝自己是假裝輸掉，但其實就連這也是謊言。
一切都在他的圈套之中。故意遭受對方攻擊，然後分析手段，留待下次再打倒對方。
「百合姊姊……」
繼葛蕾特之後，百合也戰敗了。
然後，和這件事同樣令愛爾娜的心志動搖的，是溫德的體術。
「我先聲明——妳要是以為只有妳們有接受特別指導，那就大錯特錯了。」
聽了他的話，愛爾娜整個人頓時血色盡失。
並不是因為這是愛爾娜第一次見到他的步法，而是因為這是第二次。那種宛如瞬間移動般忽緩忽急的動作，她早就見過了。
——和克勞斯相同的步法。
克勞斯在米塔里歐對名為「紫蟻」的敵人，拿出真本事使出的一擊。
溫德不知為何學會了那項技術。
錯愕不已。同伴接連倒下，只剩下愛爾娜一人。
克勞斯不會前來救援，其他同伴也不知身在何處。無線電斷訊，連呼救也辦不到。在這個有如迷宮的龍魂城寨裡，無法期待幫手偶然現身。
從她口中吐出的只有一句話。

「不幸……」

「……妳在說什麼啊？」

結果溫德一臉不可思議，冷冷地對她說。

「不幸？不是那樣的吧，這一切分明都是妳的過失。」

「咦……」

「妳該不會以為自己擁有不幸體質吧？」

「……………………………」

不懂他想表達什麼，愛爾娜只能沉默。

溫德露出傻眼的表情，「妳不明白我的意思啊」地嘆道。

「妳不是不幸，只是愚鈍而已。一切都是從妳的過失開始的。」

「………」

「我們『鳳』趁著『燈火』搞砸任務的這個機會，想要把妳們的老大搶過來。可是話說回來，『燈火』任務失敗的原因是什麼？是紡織工廠社長室的火災吧？妳在那場騷動中被火燒傷，任務因此以失敗告終。」

「…………」

「妳有發現那場火災的起因嗎？就是妳移動的金魚缸。」

「————」

「那個叫做聚焦火災。照射進來的夕陽受到玻璃折射，聚集在一點上產生高溫，使得社長室的地毯起火。結果妳們又在室內悶燒到沒有氧氣的時候打開門，再次引發燃燒，形成所謂的回燃現象。而這就是妳遭遇到的爆炸的真面目。」

「————」

「當然，我很感謝妳。多虧妳的自爆，讓我可以輕鬆地完成工作。一再用愚蠢的過失扯同伴後腿，活得悲慘難看的女人。『燈火』的缺陷就是妳。」

溫德宣告。

「我再說一次。妳不是不幸——而是為『燈火』招來不幸的蠢貨。」

比賽開始九十二分鐘——溫德尖銳的言語，眼看就要粉碎愛爾娜的心。

克勞斯在龍魂城寨的中央區域觀察戰況。
一如預期，雙方都把搜索機密文件一事擱在一旁，以讓對手出局為優先。激烈的互鬥場面正在各處上演。
克勞斯一邊迅速移動，一邊掌握雙方的動向。
剛才，他目擊到溫德打倒葛蕾特的瞬間。後來，百合和愛爾娜逃走，溫德追了過去。
（原來如此。）
旁觀了整個過程，克勞斯心生佩服。
（我本來就覺得溫德的任務成功率相當高，不過那個步法……他恐怕向「火焰」的成員學過祕傳的重心轉移技巧吧。）
親眼目睹之後，克勞斯總算理解他的強大。
他想必也和克勞斯一樣，從偉大人物身上學習過入門技巧。
確認完這一點後，克勞斯來到主要道路上。

昏倒的葛蕾特被棄置在那裡。大概誰也沒有餘力去保護她吧。
克勞斯一走近到她的身旁，葛蕾特隨即微微睜眼。
「……是老大嗎？」
「妳要不要緊？我們移動到安全的地方去吧。」
克勞斯從旁將葛蕾特一把抱住。
她立刻紅著臉，「咦……」、「那、那個……」地發出支支吾吾的聲音，但是很快地她就放鬆身體，輕輕依偎在克勞斯身上。
「老大……對不起，我輸了……」
「妳不是打倒了一個人嗎？妳表現得很好。」
克勞斯已經將裘兒送往安全之地，並且從她口中聽說葛蕾特的活躍表現。
「接下來就交給其他人，妳好好地休息吧。」
「既然如此，那就稍微保持現狀……」
「好，沒關係。」
葛蕾特輕輕握住克勞斯的衣服。
最近因為任務繁忙，克勞斯一直無暇去關心葛蕾特，所以決定答應她小小的任性要求。
克勞斯將葛蕾特送進屋內。

「那位溫德先生的動作……」途中，葛蕾特開口。「十分酷似老大的動作……關於這件事，老大有什麼頭緒嗎？」

她似乎也察覺到了。

克勞斯點頭，答道：「那是『火焰』的技術。」

「『火焰』的……？」

「那是一位名叫蓋兒黛的女性的步法。她的代號是『炮烙』，我都叫她蓋兒老太婆。溫德大概是在哪裡和蓋兒老太婆見過面，學會了那項技術吧。」

這不是什麼奇怪的事情。「火焰」是行動範圍遍布全世界的機關，相遇的機會多得是。

——「紅爐」費洛妮卡和緹雅相遇，將自己的精神託付給她。

——「炮烙」蓋兒黛恐怕也把技術傳授給了溫德吧。

（「火焰」的精神意志似乎被廣為傳承了下來……）

從零到一百，再從一百到零。忽緩忽急的步法是蓋兒黛的絕招。

蓋兒黛從前總會一面連續發射步槍，一面使用這個步法。儘管已是超過六十歲的高齡，她依然在槍林彈雨中衝鋒陷陣。據說她年輕時隸屬陸軍，曾超越無數男人，創下輝煌戰果。真可說是一個驚世駭俗的老太婆。

當然，克勞斯也學會了那項技能。

所以很清楚這個步法打倒敵人的速度有多快。

「這不是所有人都學得會的技術，而且蓋兒老太婆也很少會教別人。看樣子，她大概很中意溫德吧。能夠被她看上眼的人可以說少之又少。」

「……有辦法阻止他嗎？」

「我想很困難。在遮蔽物多的空間裡，很容易就會演變成近身戰鬥。假使溫德將蓋兒老太婆的步法和刀術結合起來，他說不定甚至有資格和『屍』交手。」

「…………！」

克勞斯的評價令葛蕾特目瞪口呆。

但是，她不認為克勞斯是在誇大其詞。

聽從「紫蟻」的命令，暗中活躍於全世界的刺客「屍」。在各國間諜為了一兩名「工蟻」陷入苦戰的情況下，他一人就擊倒了十二名「工蟻」。

只要是在這個龍魂城寨內，溫德的實力就有可能與他並駕齊驅。

光憑百合和愛爾娜根本毫無勝算。再這樣下去，戰敗的機率極高。

「她們能否有飛躍性的成長，這一點是勝負的關鍵。」

訓練時間算不上充裕，克勞斯也沒能長時間陪伴她們。

但是，克勞斯已經傳授了她們逆轉密計——那就是詐術。

假使她們之中有一人學會了，應該就有辦法和「鳳」交手。

「…………不會有事的，老大。」

這時，葛蕾特出聲說道。

低頭望去，只見她在克勞斯懷裡露出安穩無憂的笑容。

她以「因為這次我們發現了一件事」作為開場白，之後又接著說下去。

「我們發現自己好喜歡『燈火』，只要感覺快要少了誰就會努力振作……總之，就是團隊意識很強烈……」

克勞斯附和一句「確實如此」，表示同意。

大概是吊車尾學生彼此之間的凝聚力吧，少女們對「燈火」的依賴心很重。克勞斯雖然也覺得「燈火」很重要，不過她們的依存心理更勝於他。

就連膽小的莎拉，也會為了贏過「鳳」而和龍沖黑幫對峙。

她們將在意想不到的時刻，發揮自己真正的價值。

「……假如即將失去的人是老大，那就更不用說了。除此之外，再加上愛爾娜小姐也因為這次的騷動受了傷，所以大家的情緒都很激動，尤其百合小姐和席薇亞小姐更是如此。」

「…………………………………」

「她們會成功的……我相信她們……」

葛蕾特以溫柔的語氣，明確而堅定地斷言。

克勞斯「說得也是」地簡短回應。

確實只能期待了——期待「燈火」在被逼入逆境時展現的爆發力。

◇◇◇

「我再說一次。妳不是不幸——而是為『燈火』招來不幸的蠢貨。」

溫德的話，深深地刺入愛爾娜的心。

喉嚨好難受。雙腿顫抖，眼淚幾乎就要溢出眼眶。儘管明知自己的模樣很難看，還是只能垂下視線。

——溫德就快要觸及真相了。

——觸及愛爾娜深埋在心中的天大祕密。

她甚至忘了逃跑，只能呆站在霉味瀰漫的房間裡。

愛爾娜妄想自己會就這麼全身發霉，沒多久便腐爛死去。假使她的命運是如此，不知道該有多輕鬆。

可是，愛爾娜的心臟卻依然持續跳動，沒有停止生命活動。

愛爾娜依舊悲慘難看地活著。

「……才不是那樣哩。」

此時，說話聲從意想不到的地方傳來。

是百合。肩膀和脖子遭到溫德用刀子毆打的她，照理說應該昏過去了才對，可是她現在卻已經恢復意識，而且還試圖站起來。

「妳還真耐打啊，銀髮女。」溫德佩服地瞇起雙眼。「若是一般人，早就已經沒命了。」

「毫髮無傷。相比之下，我弄濕莫妮卡的書時所挨的拳頭還比較有感。」

「……我不懂妳的比較。」

「我在席薇亞臉上塗鴉時所挨的拳頭，還比這個痛上十倍。」

「……妳也太常被同伴揍了吧。」

「你根本就沒什麼了不起。」

百合大大方方地站著，瞪著溫德。

「誰要聽你這種弱者所說的話啊。你對我同伴的侮辱根本不值一聽。」

不客氣地說完，百合移動到愛爾娜前面保護她。

愛爾娜只能默默注視她的背影。平時愛開玩笑的百合，此時背影看起來是如此耀眼。

百合的拳頭微微發抖。
——她正為了我而震怒。
愛爾娜的喉嚨深處發熱。若不是正在比賽，她說不定已經哭出來了。
溫德「妳還真敢講啊」地微微扭曲嘴角。
「我只是把事實說出來而已。我應該有說過，全部都是她的過失。而我所指的，可不只有搞砸任務而已。」
「……難道還有別的？」
「發生在這場比賽前不久的墜落事故。關於她在重要戰事之前受傷這件事，妳是怎麼想的？妳該不會認為是我們逼得太緊，才害她摔下去吧？」
溫德的語氣十分冷酷。
「當然不是那樣。原因是熱。我查過欄杆的底部，發現那裡有受熱的痕跡。又加上欄杆大概原本就不是很堅固，所以才容易歪斜吧。原理跟剛才一樣，是光線聚焦。」
溫德淡淡地說。
「根據目擊情報顯示，有個小鬼長時間拿著水晶球。水晶球折射陽光，長時間將光線照射在欄杆上。就是因為這樣，鋁製欄杆才會只是承受一點體重就歪掉。」
「…………」

「不過話說回來，能夠連續引發這麼多起事故，也算得上是相當不走運了。但是，間諜不能拿這一點當作藉口。全部都是過失。說得更直接一點，是自取滅亡。」

百合露出痛苦的表情想要說些什麼，但她終究沒有開口，而是一度回頭望向愛爾娜。

浮現在她眼中的，是困惑的神情。

愛爾娜差點就要放聲尖叫。

——夠了。

好想立刻大喊。

——不要再繼續讓愛爾娜丟臉了。

「要我再順便告訴妳一件事嗎？」

可是，溫德卻毫不留情地豎起手指。

「這雖然有一部分是我的推測，不過我想她在小時候遇到的火災，恐怕也是出於她的過失。

我對金髮女的話有疑問。火災是在半夜發生，並且在不知不覺間延燒開來，最後整個家都被燒燬，只有一個小孩生還。沒有目擊者，也沒有抓到犯人。是這樣沒錯吧？」

「這有什麼好懷疑——」

「既然這樣妳告訴我，為什麼她能夠斷言起火原因是汽油彈？」

「…………！」

百合瞪大雙眼。

她大概也察覺到了吧。

汽油彈最原始的做法，是在酒瓶中裝入燈油或汽油，然後用布蓋起來。

也就是說，只要扔出去破掉了，現場就只會留下破碎的瓶子和燃燒剩下的渣滓。

即使可以從燃燒痕跡鎖定火災發生的房間，也很難鎖定起火的原因。然而，愛爾娜卻明確地說「起火原因是汽油彈」。

「而且，她說過她的父母白天買了很多酒回來。客廳的火災痕跡中有沒見過的瓶子，一個小女孩為什麼有辦法做出那是汽油彈的證詞？」

溫德繼續說。

「所以我就做了以下的猜想：能夠作證起火原因是汽油彈的人只有生還者，換句話說，她見到了汽油彈被扔進來的那一幕。可是，這時就有一個疑問了。既然她目睹了起火現場，那麼只要把家人叫醒就好。汽油彈雖然威力強大，卻也不足以在瞬間將貴族的宅邸整個燒燬。然而，為什麼她的家人全死了？答案只有一個，那就是金髮女自己先逃了。儘管火災本身是人禍，但是家人死去這件事卻是金髮女的過失。以上就是我的推測。」

「⋯⋯⋯⋯⋯⋯⋯⋯⋯⋯⋯」

愛爾娜彷彿全身血液凍結一般，無法動彈。

說不出半句話。

溫德聰明的腦袋，近乎百分之百地掌握了真相。

他嚴厲的視線好像看穿了愛爾娜的心。愛爾娜感覺自己隨時都會腿軟。

光是讓自己繼續站著便費盡全力——

「…………所以呢？」

一旁的百合絲毫不為所動。

「你擅自做出這番推測有何意義？」

「……明明是妳自己要我說的。」

「那種事實一點都不重要。」

「我告訴妳這些，完全是出於好心。一名間諜活得這麼愚蠢，作起戰來也只會一塌糊塗。」

他將手臂一揮，從袖口取出新的刀子。右手三支、左手兩支，他將刀子舉起夾在手指之間。

似乎已進入備戰狀態。

「勸妳最好早點和她斷絕關係——要我來幫忙嗎？」

「我跟你真的是話不投機耶。」

當溫德的語氣中滲出殺氣時，百合行動了。她從背後拿出一根棒子，舉在身體前側。那是一根表面有著奇怪凹凸的金屬棒。

「安妮特的特製武器，試作品第72號。」她大喊。「【廢——」

「區區試作品也想拿來對付我？」

可是，溫德的速度更快。

他甚至沒給百合時間使用武器。他以忽緩忽急的步法接近百合，用刀背毆打百合的手腕、下顎，最後，像是要給她致命一擊地敲打側頭部。

百合的身體緩緩向旁邊傾倒。

「愛爾娜……！」百合動了動嘴唇。「我來爭取時間，妳快逃……！」

愛爾娜壓抑住想哭的心情，從她身旁跑過。

這是百合抱著必死決心，替愛爾娜製造出來的逃跑路徑。

「金髮女，妳別想逃。」

溫德的手從背後伸過來。

——會被抓到。

害怕地這麼心想的瞬間，溫德的手停下來了。

回過頭，只見百合抓住了溫德的腿。她的雙眼雖然已經無神，卻依然讓指甲陷入溫德的肉裡，緊抓住他的腿。

「妳真的很耐打耶。」

溫德將刀子高舉。

「夠了，給我滾開。」

悶鈍的聲響在屋內響起。溫德似乎是用刀柄毆打了百合。

溫德VS百合，這個令人絕望的組合結束了對戰。

（對不起呢……百合姊姊……！）

懷著撕心裂肺般沉痛的心情，愛爾娜在龍魂城寨的通道上狂奔。

◇◇◇

比賽開始一百一十五分鐘——戰鬥依舊持續進行。

「百鬼」席薇亞、「草原」莎拉VS「翔破」畢克斯。

在這三人的戰鬥中，始終冷靜以對的是溫柔男子畢克斯。

他好幾度和席薇亞拳頭相向，評估對方的實力以擬定戰略。並且充分利用龍魂城寨內的走廊反覆移動。

他之所以如此冷靜，原因只有一個——因為「鳳」對「燈火」沒什麼興趣。

（……坦白說，我們感興趣的就只有克勞斯老師一人♪）

「燈火」的成員無疑對菁英懷有自卑感。

可是反觀「鳳」，卻是對吊車尾的少女們毫無感觸。

畢克斯面露微笑。

（我雖然敬佩妳們達成了不可能任務，可是說到底，妳們還是靠克勞斯老師才辦到的♪妳們或許不是普通的吊車尾學生，但是也不到特別優秀的程度♪）

因此，他靈巧地應對。

一如他所預料的，莎拉很快就跟不上作戰的速度，被拋在一旁。

畢克斯和席薇亞在走廊上移動，不久便來到走廊的盡頭。

盡頭處，只有一道防止墜落的小柵欄。

席薇亞和畢克斯同時跨越柵欄，一躍跳到龍魂城寨之外。

（有了彼此都能充分活動的寬敞空間後，再來就要進入戰鬥技術的世界了♪）

畢克斯的特技是怪力。

他的身形看起來纖細，但實際上闊背肌十分壯碩。那超乎常人的肌肉，產生出巨大的力量。

闊背肌是出拳時會使用到的背部肌肉。

另外，他還在壯碩闊背肌的位置藏了武器。

以乍看好像什麼武器都沒有的樣子，出乎對手的意料。

「怪力」×「隱匿」——無盡鐵臂。

這便是畢克斯創造出來的詐術。

在畢克斯的怪力之下，所有無法預料的武器都能一擊打倒對手！

「——！」

畢克斯大大地揮舞從背後取出的鞭子。

和拳頭、警棍截然不同的中距離攻擊。

席薇亞在千鈞一髮之際向後一仰，閃避攻勢。她擁有絕佳的反應能力。

「我說你啊，你到底是從哪裡拿出鞭子的？」

「這個嘛，妳說是從哪裡呢？唔嗯♪接下來要拿出長槍嗎？」

「咦？你連那種東西也有？」

「妳很好奇嗎♪啊哈哈，那妳可要牢牢地盯緊我嘍？」

畢克斯這麼嘲弄困惑的席薇亞。

當然，闊背肌能夠藏的頂多就只有四件小型武器。

畢克斯身上只有鞭子、警棍、手槍，以及手指虎。事實上根本不可能把長槍藏在身上，他只是故意故弄玄虛地愚弄席薇亞而已。

畢克斯擁有無愧於培育學校所有學生第二名這個稱號的實力。

兩人來到的地方，是一片空無一物的空地。龍魂城寨之後可能還會繼續增建吧，經過整地的地面裸露在外。

（她雖然好像擅長竊盜，不過這招對我不管用♪是時候將她打倒了♪）

只要有那份怪力，畢克斯就不可能打輸。

就連在爾虞我詐這方面，席薇亞也顯然遭到了玩弄。

「好了，要開始嘍♪動作要是不快一點，可是會被溫德搶先的♪」

畢克斯將手裡的鞭子收回背後，改拿手指虎。他一向都是在關鍵時刻，使用這樣能夠徹底發揮他怪力的武器。

為了以反擊拳打倒對手，畢克斯沉下腰。

「…………」

可是，席薇亞卻沒有進攻。

她一副像在鬧脾氣似的嘛起嘴唇，放下舉起備戰的雙手。

「……溫德啊。也就是說，你的眼裡沒有我嗎？」

「嗯？對啊，是這樣沒錯♪」

「真讓人不爽耶。不過也是啦，因為你們是菁英嘛，根本沒必要去看比自己差的人。」

真教人火大啊，席薇亞喃喃地嘟噥。

見了她那副態度，畢克斯忍不住笑出來。

「啊哈哈♪有件事情我一直無法理解♪」

「啊？」

「真的好奇怪喔♪為什麼愈是底層的人，就愈會執著於那些瑣碎的評價呢♪像是從哪間學校出來的，還有在培育學校的成績等等，那些對我而言一點都不重要。那種評價項目本來就應該受到否定，然而底層的人卻很執著於些微的差異♪把眼界放寬一點吧♪」

他一直以來都對此感到很奇怪。

從在培育學校時開始，他就對成績漠不關心。

他知道世界上有著頂尖的間諜。世界最強的間諜「紅爐」、國籍不明的義士「櫻華」、萊拉特王國最強的防諜專家「米凱」，還有明明和自己是同世代的新人，卻瞬間嶄露頭角的「飛禽」溫德。

和那些人比較時湧上心頭的，是不甘心與自卑感。

是菁英又如何？培育學校的成績有什麼意義？

「那個人叫做愛爾娜是嗎？就是那個努力想要和我們競爭，結果卻在訓練途中遭遇事故的女孩♪居然把自己困在狹小的框架內，窄化自己的視野，最終自取滅亡——真是丟人現眼啊♪」

他順便挑釁了一下。

以輕浮態度打亂敵人的步調，也是畢克斯的拿手本事。

「…………………………………………」

果不其然，席薇亞面露慍色。她渾身散發出連空氣都要被燒焦似的強烈怒氣。

畢克斯再次準備好反擊。

「……你說得或許沒錯。」

席薇亞小聲低吟。

「我們太執著於小事情了。在你看來，那些事情根本微不足道。」

「沒錯♪妳們太小家子氣了♪」

「可是有什麼辦法呢？就算你說的是正確的，每次回想起培育學校狹小的宿舍房間，我的心還是會隱隱作痛啊。我就是沒辦法當個能夠將其一笑置之的帥氣大人嘛。不只是我，我的搭檔也一樣！」

她跳了起來。

「你這傢伙真讓人不愉快——我要使出本來不想用的技術了。」

「…………？」

要如何解釋畢克斯接下來體驗到的事情呢？

那是一種彷彿腦袋恍恍惚惚地產生空白的感覺。

完全捕捉不到眼前人物的氣息。自己正在和誰作戰？先前掌握到的少女的情報，宛如燭火熄滅般忽地消失。

然後下個瞬間——席薇亞出現在眼前。

「——！」

畢克斯立刻閃開。

迅速和席薇亞拉開距離。

然後整理剛才那股好比大腦遭到入侵的奇妙感覺。

（……我剛才瞬間突然無法辨識她？不可能。可是，好像也只能作此想。）

在他的視線前方，席薇亞正喀嘰喀嘰地折響手指。

像是在為下次做準備一樣，渾身散發出平靜的怒氣。

（這恐怕正是她的「竊盜」的關鍵所在……她大概是靠著脫離對手的認知，藉機竊取物品吧。沒錯，這是身為竊賊最棒的技能……可是不管怎麼想，剛才那項技術——）

畢克斯嚥了嚥口水。

（——更像是殺人的才能……！）

想像一下。

假使她接近對手，讓從內口袋竊取錢包的手指，再稍微往肉體的內側伸進去呢？倘若她將指甲磨得像刀一樣利，抵住心臟呢？

一般竊賊做不到的，席薇亞可以辦到。

因為她擁有足夠的肌力和格鬥天分。

（她究竟是在哪裡學會這種技術……）

正當畢克斯隱隱感到背脊發涼——他發現自己又無法辨識席薇亞了。

回過神時，席薇亞已經闖到畢克斯面前。

「可是啊，還是有人願意稱讚這樣的我們『好極了』喔？」

席薇亞簡短說完，便舉刀朝這邊揮來。

這下麻煩了。既然對手讓自己無暇誆騙，自然也就無法使用詐術。

「你給我仔細看著，我要表演丟人現眼的吊車尾是怎麼作戰了。」

畢克斯勉強用警棍擋下席薇亞的攻擊。

對她的評價顯然必須修改。畢克斯的計畫被迫進行大幅度的修正。

◇◇◇

就在畢克斯對「燈火」重新改觀時，溫德同樣也有了出乎意料的感受。

因愛爾娜逃跑而促成的，溫德和百合這兩名領導人的對決，幾乎是在一瞬間分出勝負。

溫德獲得壓倒性的勝利。

他讓百合什麼也做不了，在她拿出道具之前便壓制住她。

他以擅長的刀術毆打百合的頭。由於剛才雖一度讓她失去意識，她還是很快就清醒過來，因此溫德這次更用力地使出二連擊。

百合的身體頓時癱軟無力。

她原本試圖站穩腳步，然而雙腿使不上力，最後只能臉朝下倒在地板上。

溫德仔細確認躺在地上的百合。

（……這下她應該起不來了吧。）

溫德的攻擊力道之大，若是常人遇襲，甚至有可能造成腦部功能受損。

他原本擔心自己會不會做得太過火，但最後還是沒能手下留情。

他的職責是剷除「燈火」的成員，然而對方卻展現出比想像中更強大的韌性。溫德必須去追趕剛才逃走的愛爾娜，於是便轉身朝走廊走去。

「…………等一下。」

可是才走沒幾步，熟悉的說話聲又傳進耳裡。

「——！」

他困惑地轉身。

在他眼前的，是扶著牆壁站起來的百合。

這下就連溫德也不知所措了。

（這傢伙是怎麼搞的……不可能動得了。若是普通人，應該早就昏過去了……）

她應該沒有擋開衝擊力道的技術才對。溫德使出的攻勢全都命中了她。那是至今令無數敵人昏厥的刀術，無論是軍人、黑幫，還是敵方間諜，凡是遭到溫德襲擊的人都會動彈不得。

然而她卻還有辦法站著，能夠想到的可能性只有一個。

——極度強韌的精神力。

這話聽來儘管荒唐，卻也找不到其他理由可以解釋。

這個女人太強悍了。

「妳到底是什麼人……？」

「我是天才百合。」百合喃喃地說。「……最拿手的就是拖延時間。」

「妳是為了幫助金髮女啊……妳就那麼重視同伴嗎？」

「天曉得……也許，我只是很喜歡試圖保護同伴的自己……」

「妳和我真的很不對盤耶。」

「就是啊。我也……討厭你…………」

好像已經到極限了。

只見她一邊不停地喃喃咒罵，一邊往前撲倒在地，然後就這麼躺在冰冷的水泥地上，開始發出鼻息聲。

（這女人真是莫名其妙……）

作為間諜的實力遠遠不及溫德。

但是，如果問溫德今天假使立場相反，他是否願意為了替同伴爭取時間做到這種地步，那麼答案是否定的。

（「燈火（這些傢伙）」到底是怎麼回事……？）

明明是吊車尾集團，卻達成了不可能任務。明明任務接連失敗，卻在與「鳳」的競爭中出乎預料地頑強抵抗。

——「燈火」的掙扎方式真教人想不通。

溫德吸了一口氣後暫時憋住，之後才大大地吐氣，藉此重新聚精會神。

「……無所謂，我只要完成我該做的事情就好。」

說完，他決定去追愛爾娜。

一轉身背對百合，就見到一個意想不到的人物從走廊另一頭走來。

是克勞斯。他用嚴厲的眼神注視著這邊。

「…………」

氣溫感覺驟降許多。

他好像有在保護照顧已經無法作戰的成員。明明立場應該要中立，他的態度卻流露出了怒氣。看來即使是正當的競爭，他還是不忍見到自己的同伴受傷。

「你沒道理怨恨我，燎火。」

溫德率先開口。

「這對共和國而言是必要的行為。展示我們哪一方的實力較佳，然後由比較優秀的一方當你的部下，這樣對祖國才是最好的。」

「不用你說我也明白。」

克勞斯經過溫德身旁，輕輕觸碰百合滲血的額頭，然後默默地替部下的頭纏上繃帶。他的表情雖然僵硬，手法卻十分溫柔。

克勞斯邊包紮邊說。

「但是我有一個疑問。你為什麼想要在我手下工作？」

「…………」

「大膽指派三人壓制莫妮卡的人是你吧？你的判斷力不差，而且我剛才也見到你的體術了。你不是應該屈就在誰之下的人。」

「……那是我的自由。」

「你為什麼想要得到我？『鳳』已經夠好了，不是嗎？」

克勞斯像在確認似的再次詢問。

可是，他還是不明白溫德的意圖。溫德對未來究竟有何打算？

「……是為了償還無聊的人情。」

溫德簡短說完，便從克勞斯身邊走過。

他認為沒必要特地說出來。

溫德想要得到克勞斯的理由——因為那是「炮烙」蓋兒黛的遺言。

◇◇◇

溫德曾兩度遇見名為「炮烙」的間諜。

第一次的邂逅，是在世界大戰時間接發生的。
年幼的溫德目睹了一個奇蹟。
在他還只有十歲的當時，他的故鄉遭到加爾迦多帝國占領。
帝國的支配手段慘無人道，掠奪和虐殺一再地在城裡上演。所剩無幾的糧食被搶走，反抗者則遭到無情殺害。他的父母也在向軍人乞討食物時慘遭射殺。
他從窗戶緊盯著父母的遺體，被埋進算不上是墳墓的洞穴裡。
（殺了你們……！）
年幼的溫德噙著淚水，暗自詛咒。
（我要把這些傢伙全殺了……！）
後來才知道，總共有兩成的市民死於帝國軍人之手。他在那樣的城裡滿懷著復仇心，然而與此同時，他也不時為了自己的無力飽受折磨。
結果，後來有別人替他完成了復仇。
在受到加爾迦多帝國掌控的城裡，開始流傳起奇怪的傳聞。
——陸軍的機密情報洩漏出去了。似乎有間諜潛伏在城裡。
另外還有多則傳言。

——有五個怪物出現在受帝國陸軍掌控的各地。

——「擁有最強格鬥術的刀男」、「在絕境中狂奔的狙擊手老婦」、「雙胞胎兄弟：千戰不敗的遊戲師和能預見未來的占卜師」，還有「有著火焰般紅髮、詳情不明的女人」。

——這些人將推翻不可能。

事情發生在帝國陸軍遭受聯合國突擊的一星期前。

深陷絕望的城裡彷彿照進了光芒。

帝國的軍人們開始陣腳大亂，紛紛爭先恐後地逃離此地。

年幼的溫德為那個魔法深受感動。

而他後來才知道，那個魔法是間諜所施展出來的。

第二次的邂逅是在海軍時代。

因為目睹間諜的活躍將絕望推翻的奇蹟，他於是立志加入海軍情報部。

他以出類拔萃的成績從海軍學校畢業後，如願進入海軍情報部服務。這份往來於世界各國從事諜報活動的職務，是他一直以來所期望的。

在那樣的日子裡，有一天，他在芬德聯邦的街角見到一名令人印象深刻的老婦人。

她的外表相當醒目。

老婦人穿著坦克背心和牛仔褲，露出身上結實的肌肉。白髮斑斑的頭髮往後紮起，額頭上戴著墨鏡。那副同時叼著三支香菸，大白天就用大啤酒杯豪飲啤酒的模樣十分豪邁。

溫德忍不住目不轉睛地看著她，結果她突然朝這邊瞪過來。

「你是間諜對吧？」

一下就被識破了。

對著愕然失語的溫德，老婦人不客氣地說下去。

「渾身軍人氣味的毛頭小子，你的復仇心全洩露出來了啦。你是海軍情報部的嗎？那些傢伙真是毫無長進。唔嗯，要我代為嚴格訓練嗎？好吧，你跟我來一下。」

她連自己叫什麼名字也沒說，就自顧自地挑溫德的毛病，然後把他帶進她所租借的公寓的地下室。溫德只要抵抗，就會被她摔到地上，用手槍抵住腦袋。

在形同被誘拐帶入的地下室裡，地獄般的訓練整整持續了三天三夜。

一旦企圖逃跑，脖子就會馬上被勒住。由於當時溫德的意識朦朧，因此不記得具體的訓練內容，只不過訓練結束後，他的肋骨斷了好幾根。

第三天晚上，在溫德吐了五次之後，老婦人終於釋放了他。

「唉，你這小子真沒用。這點程度的訓練，克勞小弟只吐三次就達成了。算了，你也多少算是有進步了。雖然我已經有克制自己的激情，只進行基礎中的基礎訓練了。」

老婦人直到最後一刻都十分嚴厲。

雖然她連自己叫什麼都沒說，不過這三天來，溫德早已看穿她絕非等閒之輩。像她這樣實力堅強的人沒有幾個。

「……妳在大戰時，去過名叫梅拉托克的城市嗎？」

「嗯？」

「我當時人在那裡，親眼目睹了在間諜的操弄下，情報混亂、帝國軍人手足無措的景象。妳曾經去過那裡對吧？」

「不曉得耶，那麼久以前的事我不記得了。不過我可能有在那裡活動過吧。」

老婦人一臉無趣地搔頭。

溫德倒吸一口氣，內心感動不已。眼前的女性，果然是將自己從那座地獄解放出來的間諜之一。

「我是被妳拯救的市民之一。」

溫德深深地低頭致意。

「謝謝妳。我也想成為像妳一樣的間諜。」

「……………」

老婦人思考良久後，舔了舔乾燥的嘴唇。

「原來如此，你想向我報恩啊。既然這樣，我有一個小小的任性要求。」

「嗯？」溫德懷著不祥的預感抬頭。

「離開海軍，到對外情報室來。那個單位雖然沒有公開，不過你的上司應該知道才對。還有，你只要跟上司提起『炮烙』蓋兒黛這個名字，馬上就會獲准離職。那裡才真正是間諜所生存的世界。憑你的能力，一年就能從培育學校畢業。」

「既然那裡聚集了優秀的間諜，那麼我很樂意過去……」

「然後，你可以去幫忙克勞小弟嗎？」

「克勞小弟？」

「他和你年紀相仿……嗯，搞不好跟你同齡。他是個名叫『燎火』的男人，你好好記住了。只要生活在這個世界裡，你總有一天會遇見他。」

溫德記住了那個陌生的代號。那人似乎對老婦人非常重要。

她像在凝望遠方似的瞇起雙眼。

「……因為克勞小弟很不擅長依賴別人。」

那句話莫名有種落寞的感覺。

「我得在我的壽命結束之前，多培育一些人才。不然這樣下去，他肯定會孤立無援。唉，有個需要人照顧的部下真辛苦啊。」
她一副無奈地搖搖頭後便離開了。
儘管言詞嚴厲，她的語氣卻有如疼愛孫子的祖母一般溫暖。

◇◇◇

溫德回想起與老婦人的邂逅，不禁放鬆嘴角。
他遵照老婦人的吩咐，轉而加入對外情報室已經兩年。他從培育學校畢業，站上間諜的最前線，然後從「鳳」的老大「圓空」口中聽說「燎火」的傳聞。另外，他也得知蓋兒黛是「火焰」這支團隊的一員，以及該團隊除「燎火」外全數死亡的事情。
儘管沒能和蓋兒黛重逢，但是溫德已經精通她的技術。
他將灼人的復仇心暗藏心中，昇華成在瞬間爆發反擊的詐術。
「放心吧，炮烙。」
溫德說道。
「我會徹底擊潰『燈火』——趕走那些在妳孫子身邊飛來飛去的小蟲子。」
他對克勞斯如此執著的原因——是為了向從前帶給他希望的老婦人報恩。

◇◇◇

潛入龍魂城寨已經兩小時——

原本感覺像座迷宮的龍魂城寨，如今也已能掌握住部分地形。

愛爾娜逃出百合受傷的房間後繞了一大圈，又回到原本所在的屋子。她仔細確認室內，裡頭已經不見百合的身影。大概是克勞斯把她帶走了吧，愛爾娜馬上將門關上。

她離開房間，沿著走廊走了一會兒後就地坐下。

再也走不動了。肺部疼痛得好像要破裂一樣。

溫德大概還在這一帶吧。他正積極行動，想要打敗「燈火」的成員。葛蕾特和百合出局，如今只剩愛爾娜留下來。他應該會來獵捕最後的獵物。

正當愛爾娜在調整呼吸時，某樣東西從頭上掉下來。

是黑色的小狗強尼。

「……對了，你也還在呢。」

愛爾娜撫摸小狗的下巴。

牠舔了舔愛爾娜的手指，像在鼓勵她似的。

「莎拉姊姊……」

心情因為寵物而平靜下來後，她不禁想起「燈火」裡自己所仰慕的少女。

愛爾娜喃喃自語。

「……不怕呢。愛爾娜已經不怕了呢……」

小狗好似悲傷地汪了一聲。

一邊撫摸小狗的毛，愛爾娜一邊回憶起過往。

◇◇◇

——愛爾娜是在何時遭到不幸束縛？

自從家人在火災中喪生之後，愛爾娜便有了一種怪異的執念，認為「只有我還活著太狡猾了」。在他們的喪禮上，見到為了父母之死悲嘆的弔唁者，愛爾娜整個人坐立不安。弔唁者溫柔說著「妳要連家人的份一起活下去喔」的聲音，更是令她感到有如詛咒一般。愛爾娜被大家當成可憐的孤兒，小心翼翼地對待。

可是在此同時，她發現到一件事。

只要繼續不幸就能獲取同情。即使是只有自己活下來的狡猾孩子也一樣。

然後，愛爾娜非常討厭有了那種想法的自己。

——愛爾娜是懷著何種心情去就讀間諜培育學校？

愛爾娜早就明白自己有多醜惡，於是因為想要懲罰那樣的自己而受到不幸吸引。可是，她又希望有人來安慰自己，結果因此更加受到不幸吸引，不停朝著不幸發生的地方飛奔而去。

總是不可思議地在事故現場出沒的前貴族千金，不久便被間諜培育學校的人才挖角者看上，而她沒有理由拒絕對方的邀請。

想要成為不會讓已故家人蒙羞，拯救許多人的間諜——她如此表明。

可是，就連她自己也不曉得那是不是真心話。

也許我其實只是想要被人誇獎，才會做出那樣的發言吧。她這麼心想。

…………但，究竟是想被誰誇獎呢？

——愛爾娜為什麼會在培育學校被孤立？

不善言辭，個性陰沉，自尊心其實有點強，事故率高。

那些都是微不足道的理由。事實上，單純只是因為她的個性扭曲罷了。

——愛爾娜為什麼會不斷受到不幸吸引？

因為愛爾娜知道，只要遭遇不幸，就能把這當成藉口說給自己和別人聽。

因為，有什麼辦法呢？

既然不幸，那麼成績差也是沒辦法的事。既然不幸，那麼交不到朋友也是沒辦法的事。既然不幸，被周圍其他人討厭也是沒辦法的事。既然不幸，沒能成為報答父母的好孩子也是沒辦法的事。即使自己是個卑鄙又狡猾的人，既然都如此不幸且受到相應的懲罰了，那也就沒關係了吧。

沒辦法。沒辦法。沒辦法。沒辦法。沒辦法。沒辦法。沒辦法。沒辦法。

儘管自己吊車尾又無可救藥，那也全是不幸所致，是無可奈何的事情。

愛爾娜非常討厭自己的生存方式。

可是，她身邊出現了拯救她的青年，以及溫暖接納她的同伴。

◇◇◇

小狗強尼動了動鼻子，通知愛爾娜那股氣息的到來。

她赫然抬頭。

溫德從長廊的暗處現身。

他像是要確認刀子的觸感一般，讓刀子在手裡轉啊轉。大概是一種習慣吧，他偶爾會像耍雜技似的同時將三支刀子拋起來把玩。

最後，溫德用手指夾住刀子，抬起頭來。

「妳在這裡啊，金髮女。」

「……！」

愛爾娜下定決心站起身。

必須面對的時刻到來了。

她在空無一人的安靜通道上，和約莫五公尺外的溫德互相對峙。

從天花板垂下的白熾燈泡，散發出微弱的光線。

槍聲從遠處傳來，大概是「燈火」和「鳳」的誰在交戰吧。但是聲音聽起來和愛爾娜二人有段距離，無法期待同伴前來相助。

愛爾娜集中全副精神，瞪著溫德。

「為了妳自己好，」

溫德淡淡地說。

「投降吧。我沒興趣欺侮弱者。」

「…………拒絕呢。」

「妳們這些人真是死不認輸。」

溫德一臉不悅地將頭髮往上撥。

「既然如此，那我就徒手打倒妳。我會手下留情的。」

手下留情？

當愛爾娜對這幾個字產生反應時，溫德已經朝地板一蹬，避開愛爾娜迅速扔出的瓶子，在下個瞬間移動到她的正面。

愛爾娜取出藏在背後的鐵管，用盡全身力氣往下一揮。

溫德放倒身體，閃避攻擊。

他的身體就這麼癱軟地往後倒下，朝地板接近，簡直就像昏過去了一樣。然而下一刻，他的身體忽然就從看似戰敗的姿勢，彈也似的浮在半空中。

「代號『飛禽』——啃咬剜挖的時間到了。」

溫德的手刀刺入愛爾娜的腹部。

呼吸停止，唾液從口中噴出。

身體像被彈開一樣浮起來，然後滾落在地。昏沉不清的腦袋因湧現的嘔吐感而清醒，身體伴隨嘔出的胃液趴倒在地。

溫德甚至沒用刀子便將愛爾娜擊倒。

連比賽也稱不上。

溫德像在擰嬰兒的手臂一樣，輕而易舉地撂倒愛爾娜。

「就這樣吧。」

溫德像是完成一件工作似的拍拍手。

「接下來妳只要乖乖躺著，等燎火來接妳就好。妳就好好地跟他撒嬌吧，畢竟這是最後一次了。」

「……！」

「放心吧，妳們不是這輩子都再也見不到燎火。妳們只要接受自己無能為力的事實，暫時回到培育學校努力訓練就好。這才是妳們的職責。」

他直截了當地說。

「現在就由我們『鳳』來守護。由我來守護這個國家，還有妳們。」

溫德的語氣中蘊含著強烈的自豪，讓人感受到他的愛國心和驕傲。

愛爾娜的心一陣刺痛。

那是她在培育學校見過無數次的姿態。

——這就是菁英。

當然，其中也有一些貪得無厭的傲慢人物。可是多數的成績優異者，都是像溫德一樣實力與正義感兼具的人。

他們那副自信洋溢的表情，愛爾娜至今不知見過多少次。

「好帥氣呢……！」

那句話隨著淚水一同吐出。

那是她好幾度被敵人的話語傷透了心，身體因遭受攻擊而疼痛，卻還是情不自禁說出來的真心話。

「愛爾娜也想變成那樣呢…………想要那樣活著呢……！」

愛爾娜好羨慕。

因為太過憧憬而焦心不已。

她想成為像溫德一樣英勇的間諜。

從前在培育學校裡不知想過多少遍，又因此懊悔過多少遍。

想要成為又強又優秀的間諜。想要過著被所有人信賴的人生。想要當一個受到許多人期待，拯救國家脫離危機的人。想要當一個能夠巧妙欺騙敵人，並且自信滿滿地告訴弱者「我會保護你們」的人。

——自己也想成為菁英。

「……愛爾娜也想要……成為會被在天上的爸爸、媽媽……哥哥……還有姊姊稱讚的間諜呢……」

啊啊沒有錯，愛爾娜自己發現到了。

原來自己是想要被他們稱讚。被再也見不到面的已故家人稱讚。

——可是，愛爾娜沒能做到。

——沒能成為理想的間諜。

軟弱的她受到不幸吸引，漸漸地偏離正軌。像是要為持續下滑的成績找理由似的，自己愛上了事故。然後等到發現時，她已經在培育學校裡成為大家避之唯恐不及的人物。

「有什麼關係。」

溫德冷淡地說。

「反正又不是所有人都能夠成為強者。我們強者是為了保護你們這些弱者而存在，所以妳就放棄吧。」

「沒辦法放棄呢！」

愛爾娜忍受竄遍全身的疼痛，站起身來。

一邊反覆大口呼吸，拚命將氧氣送進身體，一邊用雙腿穩穩地站著。

「……愛爾娜沒能成為帥氣的間諜……只能用自己好討厭的方式活著……可是儘管如此，人生中依舊有好事發生……唯有『燈火』，愛爾娜無法放棄……」

愛爾娜這麼回答。

「所以，愛爾娜決定要認同醜惡骯髒又丟人現眼的自己，繼續活下去。」

對著表情困惑的溫德，愛爾娜微微一笑。

就讓你見識一下吧。

沒能成為理想間諜的吊車尾的扭曲作戰方式！

菁英所意想不到，極不入流的生存之道！

「代號『愚人』——屠殺殆盡的時間到了呢。」

愛爾娜打開她身旁的門，隨後立即跳開。

那裡是剛才溫德和愛爾娜二人交手過的空屋。

當然，打開那扇門照理說是不會發生任何事的。

可是——裡面卻竄出了火焰！

扭曲著噴發而出的火焰，朝著站在門前的溫德直衝而來。他雖然立刻想要往旁邊跳開，卻根本不可能來得及。

烈火襲向溫德。

「──────！」

火焰纏身的他發出哀號，在地板上打滾，試圖將點燃全身衣服的火給弄熄。在以水泥建成的龍魂城寨裡，火焰不可能很快就延燒開來，釀成火災。火勢想必頂多只會讓房間周邊燒焦，很快就熄滅吧。

溫德身上的火焰也很快就被撲滅。

可是，他還是受了相當嚴重的傷。從他一臉痛苦地按住被燒傷的右腳來看，他應該無法再像剛才一樣使出步法了。

「為什麼會有火焰……！」

溫德睜大雙眼，狠狠瞪著愛爾娜。

「妳是什麼時候安排了這種東西……？妳身上應該沒有炸彈才對……！」

他好像是在兩人用刀子互鬥時，確認了這一點。真不愧是高手。

溫德咂舌。

「到處逃竄的妳是怎麼準備火焰的……？」

「這是聚焦火災呢。愛爾娜用自己扔出去的不鏽鋼盆，讓百合姊姊遺落的手電筒的光線集中於一點，引燃毛毯。之後等愛爾娜打開門時，就產生了回燃現象呢。」

龍魂城寨是漫無規劃地不斷擴建的水泥建築。

裡面有許多被水泥覆蓋，通風不良的房間。既然是空氣不流通的密室，就能滿足引發回燃現象的條件。

愛爾娜淡淡地說。

「這些全是你說過的話呢。」

「不……」溫德的口氣十分煩躁。「如果是這樣，時序根本對不上……！」

「嗯……」

「我告訴妳們聚焦火災的事情，是在手電筒掉在地上之後，妳在那之前並不知道這些現象。假如妳早就知道了，那妳之前引發的事故又是怎麼回事？」

沒錯，愛爾娜在進行這場對決之前經歷過兩起事故。

——發生在紡織工廠管理大樓內，金魚缸所引起的聚焦火災和回燃現象。

——因水晶球聚焦光線所引起的，鋁製欄杆的變形和墜落事故。

溫德認為一切都是愛爾娜的過失。

認為那些是因為她缺乏聚焦火災等科學知識所引發的事件。

他只差一步便能得知真相。只不過，他有一個致命的誤解。

「不是過失，是故意呢。」

愛爾娜這麼說。

「那兩起事故——是愛爾娜自導自演呢。」

「……嗄？」

「全部都是自導自演。愛爾娜因為迫於『某個需求』，於是自己引發火災，衝進火焰之中。墜落事故也是一樣。愛爾娜是故意把體重壓在受熱變形的鋁製欄杆上，自己從懸崖上摔下去呢。」

沒錯，這兩起事故都是愛爾娜自己故意引起的。

儘管是潛伏在日常生活中的危機，但除非是本人自己刻意安排，否則因光線聚焦而引發的事故不會發生得如此頻繁。

然而，溫德沒能挖掘出真相。

正常人大概無法理解吧——無法理解自己投身事故的人的心態。

正因為如此才行得通，愛爾娜這麼相信著。

自己製造出不幸，欺瞞所有人。這便是她獨特的作戰方式。

「事故」×「自演」——創造慘禍。

這便是愛爾娜所想出來的詐術。

「妳──」

溫德愣愣地開口。

「──腦子有毛病嗎？」

他的眼神既像是害怕，也像是輕蔑。

他理所當然不可能理解「愛爾娜為何要自導自演引發事故」這一點。能夠好好地正常活著的人是不可能明白的。

所以愛爾娜說了。

「愛爾娜早就知道自己壞掉了呢。」

她冷冷地吐出這句話，只在嘴角堆起笑意。

「永別了。」

為了給溫德最後致命的一擊，愛爾娜啟動了簡易的陷阱。剛才的火焰已延燒到隨意堆置在通道上的木材。由於底部遭到悶燒，木材已快要失去平衡，而這時愛爾娜切斷了支撐木材的鋼索。

著火的木材朝著愛爾娜和溫德的方向倒下。

愛爾娜傾斜身體，在最後一刻避開自己製造出來的不幸。

可是，腳受傷的溫德不可能逃得了。

「……！」

木材好似要將他壓扁地垮下來。

黑色煤煙撲上愛爾娜的臉。她一邊抹臉，一邊走在通道上。身體到處都疼痛不已，好想找個安全的地方休息。

她對腳邊的小狗強尼說了句「走了呢」，將牠抱起。牠溫順地靠在愛爾娜的胸口上，那股溫暖的感覺令心情平靜下來。

走了一小段路後，愛爾娜轉身望向背後。

她成功打倒了溫德，而他此刻依然沒有起身。

「…………」

愛爾娜暫時停下來思考。

假使溫德昏倒了，那麼他勢必會有生命危險。雖然像他這樣厲害的高手，應該不至於身受致命重傷才對，但不管怎樣還是教人掛心。不過話雖如此，愛爾娜也不想因為隨便接近而遭他反擊。還有，這場火災會不會牽連到居民也令人不安——

（做、做得太過火了嗎？）

如何拿捏分寸是件難事，愛爾娜因此有些焦急。

「…………原來如此啊。」

這時，溫德的聲音響起，打斷愛爾娜的思緒。

「————！」

他移開成堆的木材站起身。

以不同於之前的緩慢速度。

像是在展現他的從容一般。

然後，他揮了揮兩隻手中的刀子，僅憑風壓便將竄升的黑煙撕裂，悶燒的火焰也在他製造出來的強風下熄滅。

還能動呢，他聽似滿意的喃喃自語聲傳來。

額頭淌血的他看著愛爾娜。

「……我太小看妳了。不對，應該說是我看走眼了。」

右腿燒傷，身體到處都有割傷，從被大大撕裂的上衣還可以窺見青一塊紫一塊的內出血。可是，他依舊站立著。

愛爾娜咬緊牙根。

（都已經這樣了……！都已經做到這種地步還是不成功呢……！）

自導自演的傷勢應該有令對手鬆懈才對。葛蕾特和百合抱著必死決心幫助愛爾娜逃跑，然後愛爾娜將敵人引誘到這裡，使其掉入自己擅長的事故之中。

她賭上了自己所擁有的一切。

儘管如此——卻還是沒能打倒溫德。

「我懂妳這個人是怎麼回事了。」

他一邊拍掉衣服上的髒汙，語氣得意地說。

「我曾經聽說過類似的精神疾病。健康的患者為了引起周圍其他人的同情，而故意做出自殘行為——這種病叫做孟喬森症候群，而妳所罹患的大概是類似的疾病。只不過，妳不是裝病，而是假裝遭遇事故。」

「……！」

「起因是害死妳家人的那場火災。那也是自導自演嗎？不，妳應該不至於燒死家人才對。這麼說來，是將因事故引起的火災偽裝成縱火了。妳把從家裡帶出來的瓶子，扔進起火的家中，然後告訴警方妳看見可疑的人影。我沒說錯吧？」

見到愛爾娜咬住嘴唇，溫德「看來我猜對了」地點點頭。

「妳的動機非常單純，是因為這麼做更能夠引人同情。你們是受到世人嫉妒的前貴族對吧？比起因為暖爐不慎起火，因卑鄙之徒縱火而釀成的火災，更能博得世人的憐憫同情。這是妳為了已故家人所編織出來的謊言。」

他彷彿看穿一切地繼續說。

「可是，妳卻因此食髓知味。只是演出不幸的樣子，別人就會可憐自己。於是妳再也停不下來，開始追求不幸、受到事故吸引，最後甚至走上自導自演這條路。」

「…………」

「愛上不幸又可憐的境遇的小鬼——這就是妳的本性。」

溫德一口氣說完，大大地吐了口氣。

然後，他停頓好一會兒才又開口。

「——令人作嘔。」

用好比見到髒東西的眼神看著愛爾娜。

那是愛爾娜在培育學校見過好多次的眼神。

「是呢。」愛爾娜說。「愛爾娜自己非常清楚呢……！」

「但是，妳沒有告訴妳的同伴吧？」

「唔……」

「同伴是那麼地疼愛、善待遭遇不幸的妳，而妳因為想對她們撒嬌，所以就不告訴她們實話。」

溫德的聲音在腦袋深處迴盪。

「——要是得知妳的本性，妳的同伴大概也會覺得噁心吧。」

愛爾娜不禁想像。

假使自己偶爾會自導自演，故意遭遇不幸的事情被知道了，到時候會如何？

每次遭遇事故時，總會安慰自己的莎拉、疼愛自己的席薇亞和百合、照顧自己的緹雅，她們會怎麼看待自己這個人？

愛爾娜渾身頓時沒了力氣，抱在懷裡的小狗掉落在地面上。

「……被我說中了啊。」

溫德握著刀子，朝愛爾娜步步接近。

──他在虛張聲勢。

她的理性這麼判斷。

──溫德受了傷，已經無法行動自如，所以才會試圖動搖愛爾娜的心。推敲敵人心理的精神攻擊，恐怕也是他的武器吧。

不可以動搖，愛爾娜這麼鼓舞自己。

我還沒有打倒溫德，必須製造出新的事故才行。

（他的話一點都不重要呢……！）

可是掠過腦海的，卻是同伴討厭起自己的眼神。

「不害怕呢……」

愛爾娜這麼說。這時腳邊的小狗叫了。
溫德一步又一步，像是要把愛爾娜逼到走投無路般逐漸靠近。
「即使會被姊姊們厭惡，愛爾娜也不怕呢……」
腳邊的小狗「嗷！」地大聲嚎叫。
溫德微微壓低身子。
「愛爾娜一點都不怕你所說的未來呢。」
腳邊的小狗「汪！」地吠叫。
溫德朝地面一蹬，展開突擊。
愛爾娜祈禱似的雙手交扣。
「只要能夠在這裡打倒你，就算被姊姊們討厭也無所謂呢……！」
所以，愛爾娜要召喚。
用盡自己的全力，召喚出殺光敵人的最慘烈事故！
愛爾娜閃開，手裡拿著炸彈。在此同時，溫德揮舞刀子。
小狗跳了起來。
——汪汪嗷汪嗷汪汪汪汪汪汪汪汪汪汪汪汪！

「呃……？」「嗄？」

愛爾娜和溫德都不由自主地停止行動。

小狗叫得非常激動。牠一副興奮得不得了地發出尖銳叫聲，叫到旁邊的愛爾娜耳朵都痛了。

戰鬥受到干擾，兩人都愣在原地。

「呃……」溫德皺起眉頭。「這隻狗是怎麼搞的——」

「不、不知道呢……」

被溫德這麼一問，愛爾娜也答不出來。

莎拉借給愛爾娜的狗之前雖然也吠過好幾次，卻還是第一次叫得如此激動。

這時，回應從意想不到的地方傳來。

「啊啊，不好意思！那孩子還在接受訓練啦！」

是莎拉。

她冷不防從走廊的暗處把臉探出來，然後一臉歉疚地低下頭。

「因為莫妮卡前輩『這樣很方便，妳趕快讓牠學會』地這麼吩咐，所以小妹正在教導牠。」

莎拉難為情地搔搔臉頰，朝這邊走來。

然後，她露出有些生氣的表情，把強尼抱在懷中。

「可是因為實在很難教會牠，小妹於是姑且拿同伴當作實驗品……不過這孩子直到現在還是會太過興奮……」

「這、這樣啊……」溫德滿臉困惑。

莎拉滿臉欣喜地繼續談論動物的事情。

「據莫妮卡前輩所言，人類的汗水中含有各種成分，還有人在進行透過汗水來解讀情感的研究……因為小妹本來就有點擔心愛爾娜前輩，所以就用愛爾娜前輩來做實驗了。小妹教導強尼先生當愛爾娜前輩流出某種汗水時，一定要做出反應。」

莎拉神情愉悅地說明。

「那就是愛爾娜前輩說謊時所流的汗水。」

愛爾娜呆住了。

——這隻小狗之前都是在什麼時間點吠叫？

小狗都是準確地在愛爾娜說謊時吠叫。

也就是說，莎拉早就察覺到愛爾娜偶爾會自導自演引發事故。甚至知道紡織工廠的失敗，也是愛爾娜自導自演的結果。

——儘管如此，莎拉還是接納了自己。

愛爾娜眼眶一熱。

在無法動彈的愛爾娜身旁，溫德一臉無趣地舉起刀子。

「所以呢？」溫德帶著威嚇的神情瞪著莎拉。「接下來換妳當我的對手嗎？」

「咦？」

莎拉的表情僵住了。

「不不不，不行啦！小妹辦不到，拜託饒了小妹吧！小妹才不想挑戰你哩！因為小妹才剛被莫妮卡前輩教訓，說那不是小妹的職責！」

莎拉用超快的速度搖著手，一面往後退。

等到看不見莎拉愈離愈遠的身影後，一道沉穩的說話聲傳來。

「所以，小妹循著強尼先生的叫聲，把比小妹強的人們帶來了。」

援兵所站立的位置，是莎拉消失的走廊的相反側。

「你好大的膽子，竟敢惹我們家愛爾娜哭！」

「你做好心理準備了吧？這次就連在下也不太開心了喔。」

席薇亞和莫妮卡。「燈火」中格鬥能力最頂尖的兩人。

溫德神情煩躁地咬緊牙關。

「……他們幾個讓妳們逃了嗎？」

率先衝上前的是席薇亞。

她一口氣縮短距離，朝溫德的臉出拳。

「喝啊！」席薇亞大喝一聲，發動攻擊。

她的突擊儘管過於直接，然而溫德似乎已經沒有餘力擋下了。他雖然接住了那一拳，卻因為沒能減緩力道而一度被打倒在走廊上。

他大大地翻滾後試圖重新站穩身體，可是——

「哦，聚焦火災啊。這個點子還不錯嘛。」

莫妮卡觀察火災的痕跡，像是察覺到什麼地點頭。

「只不過，關於光線和折射——在下可是專家喔。」

閃光亮起。

莫妮卡不知何時拿在手裡的相機所發出的強烈閃光，在她同時撒出去的鏡子的反射下，往溫德的臉上集中。

一如字面所述，無可閃避的光速一擊。

在溫德的視線受阻的同時，愛爾娜拔腿奔馳。

「呢喔喔喔喔喔喔喔喔喔喔喔！」

她忍受著身體的疼痛，發出巨大的吼叫聲鼓舞自己，跑了起來。

愛爾娜竭盡全力衝向溫德——給了他一記頭槌。

愛爾娜石頭般堅硬的腦袋，狠狠擊中他的臉。

不久，溫德全身一軟，立於培育學校所有學生之上的男人跪了下來。

「……居然好幾個人一起上，妳們是在集體動用私刑嗎？」

被捕的溫德的吐槽頗有道理。

當溫德全身一軟，莫妮卡立刻用鋼索捆綁他的身體，將他的手腕牢牢固定。這麼一來，他應該就算出局了。

席薇亞和莎拉則負責警戒周邊。她們撒謊蒙騙被騷動吵醒的居民，還順便撲滅愛爾娜引發的火勢。也幸好這次最後只釀成一場小火災，要不然雖然愛爾娜姑且有替居民著想，但要是真的引發大火，那可就笑不出來了。

愛爾娜一副事不關己地旁觀。

——成功打倒培育學校所有學生中排名第一的強敵了。

這便是在龍魂城寨內上演的激烈鬥爭的結局。

比賽開始至今已過了兩小時以上。

「……真沒想到我會輸。」

溫德仰望天花板，有氣無力地說。

「…………………………………………」

臉上還浮現恍惚的表情。

溫德周圍站著四名「燈火」的成員。

愛爾娜、莎拉、莫妮卡、席薇亞。

若將已經和溫德交手過的葛蕾特、百合也算進去，便總共有六人曾與溫德交手。這的確算得上是集體動用私刑。完完全全就是人海戰術。

溫德重重地嘆了口氣問道：「其他人現在在做什麼？」

「就是啊。」莫妮卡點頭。「席薇亞和莎拉為什麼會在這裡？在下以為妳們正在和名叫『翔破』的傢伙作戰，妳們打倒他了嗎？」

「「──！」」

席薇亞和莎拉的身體同時抖了一下。

「……呢？」

不祥的預感襲來。

在莫妮卡嚴厲的目光注視下，兩人的臉上開始像瀑布一樣汗水直流。

「那、那個，關於這件事情……」

席薇亞一邊搖著手，一邊語無倫次地回答。

「他叫做畢克斯是嗎？那傢伙還挺強的……我本來只差一點就要逮到他，只可惜最後還是被他給逃掉……無可奈何之下，我才打算來跟愛爾娜會合……」

這時，溫德的懷中響起嗡嗡聲。是他的無線電機起了反應。

沒一會兒，一個聽起來很歡樂的男性說話聲傳來。

『你好♪我是「翔破」。我剛才拿到機密文件，達成任務了♪』

「「「「…………」」」」

不需要重新回顧，這次對決的內容無疑是爭奪機密文件。

間諜之間的互鬥純屬手段，而非目的。說得極端一點，即使沒有打倒任何對手，只要取得文件，比賽便到此結束。

換句話說——

「輸了呢喔喔喔喔喔喔喔喔喔喔喔喔喔喔喔喔喔喔喔喔！」

愛爾娜淒厲哀號。

這場「燈火」與「鳳」的對決，最後在「鳳」的勝利下落幕。

◇◇◇

雙方決定先離開龍魂城寨。

雖然先前他們所有人幾乎都不予理會，不過這裡畢竟是當地黑幫的地盤，還是應該避免產生不必要的衝突。

撤退途中，莫妮卡和席薇亞互相叫罵。

「妳們兩個應該要繼續窮追猛打才對啊！」

「妳很囉嗦耶！其他人明明也被溫德一人打得落花流水！」

互相推卸責任。從輸家口中吐出來的話永遠都是這麼醜陋。

實際上，「燈火」失敗的原因在於實力不足，並非是任何人的責任。她們沒有足以和「鳳」的兩大巨頭：溫德和畢克斯對抗的戰力，無論怎麼分配職務，恐怕都無法翻轉雙方的差距。

「藍銀髮女。」

溫德介入兩人的舌戰。

「說那種話的妳自己又是如何？妳有在這麼短的時間內，擊退蘭、法爾瑪、庫諾三人嗎？我應該有交代他們專心絆住妳才對。」

他對莫妮卡提出質疑。

她應該被三名菁英包圍了才對。為什麼她有辦法突圍呢？

莫妮卡泰然自若地回答。

「咦？喔，在下只有打倒兩個人啦。由於那個喜歡說『是也』的傢伙中途消失，導致陣形大亂，所以在下輕輕鬆鬆就突圍了。」

「嗯？蘭消失了？」

「她中途被安妮特抓走，帶到別的地方去了。」

莫妮卡以外的「燈火」成員一頭霧水。

「「「安妮特？」」」

她的工作本來是增設無線電機，可是自從緹雅早早出局之後，就沒人知道她在哪裡做些什麼。

「話說……」愛爾娜出聲。

「她對於那位蘭姊姊之前叫她『小不點』這件事，感到相當氣憤呢。」

溫德「這樣啊。」地隨口附和。「那麼她現在可能還在跟蘭作戰吧。妳們誰去叫——」

他的話非常突兀地中斷了。

因為黑夜中傳來了尖叫聲。所有人自然而然地豎起耳朵。

他們抵達龍魂城寨的北端時，尖叫聲正好就從附近傳來。

「對不起是也嗚嗚嗚嗚嗚嗚嗚嗚嗚嗚！」

蘭半裸著身子正在賠罪。

她跪在地上，不停地用額頭摩擦地面。那好像是在極東之島流傳許久的「土下座」。她撲簌簌地流著淚，拚命喊著「對不起是也！」。那副衣服燒焦、露出肌膚的模樣實在教人不忍卒睹。

「本小姐——」

安妮特笑容滿面，兩腿開開地站在蘭面前。

「——不想聽妳求饒！」

「收回是也，『小不點』為敝人是也！所以，請妳放過敝人是也！非常抱歉是也嗚嗚嗚！啊，不對，還是不說『是也』了……這兩個字聽起來是不是像在開玩笑？不，不是那樣的，那只是類似某種形象設定而已。我之前到底在說什麼啊？總之，我現在已經清醒了，我真的感到非常抱歉。安妮特小姐的身高比較高！應該說！妳之後想必會愈長愈高吧，嘿嘿嘿。」

蘭以超快語速對安妮特阿諛諂媚。

雖然不清楚怎麼回事，不過安妮特似乎獲得了壓倒性的勝利。

蘭好像注意到在一邊旁觀的愛爾娜一行人了。她迅速跑過來，緊緊摟住愛爾娜的腰。

「請、請救救敝人是也！她真的想要殺了……殺了……敝人已經比死掉還要淒慘了……惡魔！她是惡魔……她用電鑽將敝人的、敝人的──」

「本小姐！」

安妮特大喊。

蘭的身體頓時發抖。

「覺得口渴了！」

「敝人去買茶是也嗚嗚嗚！」

蘭全力衝刺，消失在愛爾娜等人的視野中。

少女們見狀，全都傻住了。

「……安妮特，妳做了什麼呢？」愛爾娜問道。

安妮特豎起食指放在嘴邊，一臉痛快地回答：「這是祕密！」

總之，在龍魂城寨內舉行的對決結果已經出爐。

「燈火」葛蕾特，擊敗裘兒。

「鳳」畢克斯，擊敗緹雅。

「鳳」溫德，擊敗葛蕾特。
「燈火」席薇亞，和畢克斯交手，一時將其擊退。
「鳳」溫德，擊敗百合。
「燈火」安妮特，徹底擊敗蘭，將她打得落花流水。
「燈火」莫妮卡，擊敗庫諾和法爾瑪。
「燈火」愛爾娜等三人，擊敗溫德。
「鳳」畢克斯，取得機密文件，結束比賽。

「燈火」和「鳳」的所有成員聚集在一起，聽取這次的對決結果。
「燈火」的所有人都好不甘心。
百合遺憾地垂下肩膀，席薇亞難過地握緊拳頭。葛蕾特難受地閉上雙眼，莎拉開口安慰大家。莫妮卡和緹雅讓自己面無表情，愛爾娜和安妮特則靜止不動。
「鳳」除了裘兒以外，其他人全都高興地互相擊掌。那是他們平時不會做的動作。率先出局的裘兒一副坐立難安的樣子。
「…………」
至於溫德，他則是獨自露出若有所思的表情。

◇◇◇

龍魂城寨之戰結束的隔天早上，克勞斯寫好了報告書。

畢克斯找到的機密文件中，附上了迪恩共和國大使館所發生的情報外流事件的關係人清單。

之後，祖國外務省想必會根據這些證據做出處分吧。至於參與犯罪的人，龍沖警方應該會出動予以逮捕。

老實說，文件的內容並不令人訝異，不過像這樣踏實地防諜和進行諜報活動，方能為祖國帶來繁榮。

在龍沖的任務就到此結束。

既然已重挫凶狠的當地黑幫，應該也能對龍沖的國家治安做出貢獻。

再來就只剩下回國了。

克勞斯望著照進房內的晨光，嘆了口氣。

「……我們輸了啊。」

忍不住脫口而出。

對於部下的戰敗，他自己也心有所感。

少女們已經盡力了。如今會有這樣的結果，恐怕是自己的指導能力不足所致。

（果然還是覺得好不甘心。一直忍不住會去想，要是當時能再多做點什麼就好了。）

好奇妙的感覺。

這是他至今不曾感受過的痛楚。這次，他沒有直接參與對決，也沒有被誰打敗，然而心裡卻感覺悶悶的。

——令世界最強的間諜感觸良深，睽違許久的戰敗。

克勞斯靜靜地握緊拳頭。

按照約定，接下來克勞斯將會離開「燈火」，成為「鳳」的老大。

他再也不能當她們的老大了。

「…………………」

雖然不是這輩子都再也見不到面，一股難以言喻的寂寞感卻湧上心頭。

總之先來吃早餐吧。如此心想的他走出書房。

八名少女們並排站在走廊上。

「老師……」

歷經激戰的她們睡了一覺，不過好像早早就起床了。

以百合為首，她們所有人對克勞斯投以哀傷的眼神，眼眸深處隱約暗藏著愧疚。她們明明不需要感到內疚的。

「大家早。」

克勞斯努力放軟自己的語調。

「昨晚辛苦妳們了。不管怎樣，接下來的事情就慢慢地——」

「老師，這是你的行李。」

百合遞出一個大包包。

裡面塞滿了克勞斯的私人物品。

「嗯？」

「好了，快逃吧！趁『鳳』還沒來之前！」

百合一舉起拳頭，其他少女們便發出「「「「喔！」」」」的歡呼聲。

「很好，只要逃跑，老師就還是屬於我們的！」「……我已經安排好回國的船班了，老大。」「我們會告訴『鳳』老師失蹤了。」「其實在下對於這個主意還滿傻眼的。」「本小姐完全不打算把大哥交出去！」「愛爾娜也是呢。」「那、那個……小妹也是這麼想！」

少女們你一言我一語地教唆克勞斯逃跑。

「妳們難道沒有羞恥心嗎？」克勞斯冷靜地質問。

「可是如果逃得了，當然就會想要開溜啊。」百合回答。

果然頑強。

總之，少女們似乎一心想要打破和「鳳」的約定。真像是她們的作風。

「……妳們幾個聊得很開心嘛。」

隨後，背後傳來冷冰冰的說話聲。

「——！」少女們肩膀一震。

以溫德為首，「鳳」的六名成員齊聚在大門口。

「呃……」百合冷汗直流。「果、果然非遵守約定不可嗎？」

「先不說間諜什麼的，我問妳們，這是身而為人該有的行為嗎？」

溫德一臉傻眼。

聽了他的話，少女們沮喪地垂下肩膀。看樣子，她們原本真的以為逃亡行動會成功。雖說是間諜，還是有非遵守不可的道義。

「老師……」

百合一度心有不甘地咬住嘴唇後，定睛望著克勞斯。

「請你等著。我們一定會變得更強，然後總有一天將老師搶回——」

「等等。」溫德打斷她的話。「那件事情要不要一筆勾銷？」

「咦？」

「我們最重視的是祖國的利益。為此，我們幾個成員在重新討論怎麼做才正確時，做出了燎火果然還是應該繼續留在『燈火』當老大的結論。」

這突如其來的發展，令少女們一團混亂、驚慌失措。

溫德以堅定的口吻說道。

「我就承認了——妳們很強。」

在他身後的「鳳」的其他成員也點頭附和。

「贏得比賽的雖然是我們，可是出局者是我方比較多，而且還有在一對一時戰敗的人。這麼一來，若要主張『鳳』的實力在『燈火』之上，也只會丟人現眼而已。」

「呃，可、可是……」

出聲反駁的人是席薇亞。

「這樣你們怎麼辦？你們不是沒有老大嗎？還是你們找到接任的人選了？」

「怎麼？妳是在擔心我們嗎？」

「吵死了。雖然很不甘心，但事實就是你們贏了，你們有得到我們老大的權利。然而，你們為什麼要放棄？」

面對席薇亞的追問，溫德揚起嘴角，像是在自嘲一樣。

他將視線轉向克勞斯。

「燎火，你來說吧。」

「可以嗎？」

「這不是你引導出來的結論嗎？」

「說得也是。」克勞斯點頭。「你贏了我們。愚弄我這個世界最強間諜的部下，成功達成了任務。你的實力已達到國內的最高峰。」

然後朝溫德伸手。

「代號『飛禽』——由你來當『鳳』的老大。」

「明白了。我願意接下這份職務。」

少女們表情呆愣地張大嘴巴。

溫德將兩隻手插進口袋，一副了不起地看著少女們。

「由『燈火』和『鳳』共同守護國家，這才是對我們國家最好的選擇。」

這個結局，是克勞斯自從見識到溫德的本領之後，便一直在思考的事情。

他是應該成為團隊領導者的男人。

溫德身上蘊藏著有朝一日能夠成為世界級間諜的才能。若是選擇當克勞斯的部下，反而有可能阻礙他的成長。
就如同他所言，這才是對迪恩共和國最好的選擇。
「——我們要一起翻轉世界。『燈火』的女人們，妳們可要加緊腳步跟上啊。」
聽完他的話，「鳳」的其他成員也紛紛開口。
「真令人期待♪我們是新時代的兩大團隊呢♪」「吾等要一同欺騙帝國是也。」「嗯，大家要和睦相處喔。」「『燈火』也很強耶，法爾瑪覺得好感動～」「……是。」
溫德朝少女們走近，對愛爾娜耳語。
「金髮。」
「呢？」愛爾娜瞪大眼睛。
「妳不用把我在龍魂城寨說的話放在心上。我很期待妳今後的成長。」
「……！」
愛爾娜口中發出顫抖的聲音。
一副事情已經辦完似的，「……回國之後我會陪妳們訓練，好好地磨練妳們的實力。」溫德留下這句話，便轉身準備離開。
「「「「「「…………………………」」」」」」
少女們依舊一臉茫然。

結果直到最後一刻，「鳳」還是讓少女們見識到雙方的程度差距。
永遠都那麼瀟灑、強大，更重要的是帥氣——令人欣羨的菁英們。
但是，另一方面她們也覺得，自己所憧憬的對象就該如此。
「『鳳』的大家！」
百合對著轉身離去的他們大喊。
其他少女們也像是察覺到什麼似的豎起大拇指，自然而然地齊聲說道。
「「「「「「「——好極了。」」」」」」」
「這還用說嗎？」溫德笑答。

◇◇◇

既然任務已經結束，少女們也沒有理由繼續留在龍沖。
她們重新預約回國的船班，開始享受剩下的日子。
她們一面收拾行李準備撤出據點，也順便安排任務期間沒能進行的觀光行程。百合瘋狂採購月餅、醬料等食品，緹雅買了許多添加只生長在極東地區的花朵精油的化妝品，莫妮卡到各地拍照留念。席薇亞帶著葛蕾特，去分發零食給在當地認識的孩子們。

任務的尾聲一向都是鬧哄哄。

愛爾娜也和莎拉、安妮特一起去逛了市場。

由於安妮特一到市場立刻就說「本小姐去買有趣的破銅爛鐵！」，然後就消失在人群之中，於是愛爾娜和莎拉很快就有了獨處的時間。

「莎拉姊姊。」愛爾娜悄聲問道。「妳早就知道愛爾娜的不幸有部分是自導自演嗎……？」

「嗯？是的，小妹早就知道了喔。」

「……妳不會討厭愛爾娜嗎？」

「咦？不會啊。因為，妳也有真的遭遇不幸的時候不是嗎？只是小妹區分不出來，所以就乾脆全部接受了……」

莎拉一副沒什麼大不了地回答。

她說得很正確。

降臨在愛爾娜身上的不幸，並非全是自導自演。

——無意識間受到吸引的不幸。發現在哪裡，能夠有意識地迴避的不幸。真正偶然發生的不幸。愛爾娜刻意引起的不幸。

愛爾娜的心已經亂到分不清那些了。

莎拉依舊笑瞇瞇地說：

「像是妳偶爾主動跳進安妮特前輩的陷阱裡，然後來向小妹哭訴的時候等等，小妹真的覺得想要向我撒嬌的妳好可愛喔。」

「這、這種事情被人說出來很難為情呢……」

「其他前輩們一定也都隱約察覺到了啦。不過沒關係，小妹等人是不可能會討厭愛爾娜前輩的。」

莎拉溫柔地說完，又急忙補上一句。

「啊，不過請妳答應小妹，絕對不可以做危險的事情喔。」

她握住愛爾娜的手。

見到她像在哄孩子般的態度，愛爾娜喃喃道了聲「謝謝」。

遠處傳來安妮特大聲呼喚愛爾娜二人的聲音。她好像發現了什麼稀奇玩意兒。「妳很吵呢。」愛爾娜這麼回應，之後便朝安妮特的方向走去。

愛爾娜受到克勞斯「要出去走走嗎？」的邀約，是在龍沖最後一天的晚上。

因為沒有理由拒絕，愛爾娜於是和他一起出門。

他帶愛爾娜來到的地方，是位於龍沖本土的夜市。上百家攤商林立，冒出陣陣白色的水蒸氣。空氣中充滿用魚做成的辛香料氣味，一站在擺滿魚漿製品的攤子前，肚子就自然而然地叫起來。

克勞斯之所以帶愛爾娜出來，目的似乎和任務無關。

在他的勸說下，愛爾娜吃了炸燒賣，之後又買了散發金黃色澤的蛋塔當作甜點。兩人盡情享受了龍沖的夜晚。

稍微遠離夜市，映入眼簾的是一大片海洋。

兩人坐在為了欣賞夜景所設置的長椅上，眺望明亮的燈光。

「紡織工廠的事故，還有龍沖島上的墜落事故。」

「呢？」

「這兩起事故都是妳自導自演的吧？」

克勞斯以平靜的語氣這麼問。聽見他帶著些許躊躇的聲音，愛爾娜總算明白他是因為想問這個問題才帶自己出來。

「沒錯呢。」

她老實地承認。

「愛爾娜是故意讓自己燒傷，搞砸任務呢。」

「在詢問理由之前，我可以先說幾句話嗎？」

「……呢。」

「從前有個名叫蓋兒黛的人告訴我，『勉強還過得去』的狀態是最危險的，而我現在終於深切體會到她說的一點都沒錯。『燈火』之前一直處於任務接連失敗，只好由我和莫妮卡出手硬是補救回來的狀態。情況雖然不算好，卻也算不上糟糕透頂。我一直想著再觀察情況看看，拖拖拉拉地讓妳們反覆遭遇失敗。」

「…………」

「還有，葛蕾特告訴我，『燈火』的團隊意識很強。只要感覺快要少了誰就會感到焦躁，進而產生飛躍性的成長。實際上，妳們為了與『鳳』的對決，也確實在極度的緊張感之下鍛鍊了自己。」

他將那兩件事情結合，做出歸納。

「妳是為了激發同伴的危機感才自導自演事故——是嗎？」

「…………答對了呢。」

愛爾娜微微點頭。

她在紡織工廠感受到，若是任務持續失敗下去，「燈火」之中或許有人將會死去的恐懼。

於是，接下來她無意識地展開行動。

移動金魚缸，引發聚焦火災。警報聲大作，假裝著急的愛爾娜衝進引發回燃現象的房間，被火燒傷。

「只要愛爾娜受傷，大家就會認真起來呢……」

她一直在想。

——再這樣下去，遲早會發生無可挽回的悲劇。

——與其讓「燈火」之中的誰喪命，不如自己率先受傷。

「只要愛爾娜受傷，姊姊們就會真的發怒呢……」

好不入流的做法。可是，當她聽到莎拉說「詐術就像是自己的一面鏡子」時，她也只能接受這就是自己的作戰方式。

——為了守護「燈火」，愛爾娜什麼都願意做。

自己衝進火場也好。

自己滑落懸崖也罷。

——只要能夠保護那個溫暖的容身之處，何種不幸愛爾娜都願意承擔。

就連第二次的墜落事故，也完全是為了激發同伴的怒氣以提升士氣。

「這麼說來，這次的糾紛全是出自妳的自導自演啊。」

克勞斯淡淡地說。

「從妳自導自演紡織工廠的失敗開始，被『鳳』乘虛而入的『燈火』便開始奮發向上。到了比賽前夕，妳又再度自導自演，進一步煽動大家對『鳳』的敵意。然後在激戰的最後，『燈火』不僅成長了，還受到『鳳』的認同。妳安排得太巧妙了。」

「……這是結果論呢。其實與『鳳』的相遇並不在愛爾娜的預料之內，那是真正的不幸呢。」

「不，我想表達的是，這整件事情說到底，最不應該的人是我。」

克勞斯做出令人意外的發言。

愛爾娜立刻反駁「才、才沒有那回事呢」，可是他的態度依舊不變。

「這本來應該是我的職責。要是我有積極地行動、督促妳們成長，根本就不會發生這種糾紛。身為老師，我實在還不夠成熟。」

克勞斯輕撫愛爾娜的頭。

「不只是妳們，我身為老師也必須所有成長才行。這次，我深切地體認到這一點。愛爾娜，抱歉啊，我不會再讓妳這麼做了，我答應妳。」

透過頭髮傳遞過來的暖意。

那份溫暖比什麼都來得舒適，讓愛爾娜不禁瞇起雙眼。

「……………………說得一點都沒錯呢。」

「嗯。」

「愛爾娜是個沒用的人呢。是個會自己撲向不幸的愚蠢怪女孩呢。」

「就是說啊。」

「所以，希望老師能再仔細地看著愛爾娜呢。」

克勞斯「那當然」地簡短回答。

「要是連一個問題兒童都應付不了，算什麼老師呢。」

愛爾娜緩緩地泛起微笑，把頭靠在他身上。

被從他口中溫柔地吐出的「問題兒童」一詞，聽起來是如此地舒服。

——愛爾娜沒能成為理想的間諜。

她太愚蠢了。無論再怎麼努力，她也不認為自己有辦法成為像溫德一樣帥氣的間諜。愛爾娜所能做的，就只有引起周遭的同情、讓敵人錯愕、犧牲自我這種不入流的方法。

比起成功更愛失敗，比起喜劇更愛悲劇，比起幸福更愛不幸。

那便是愛爾娜所找到的詐術(作風)——身為吊車尾的自己的作戰方式。

（爸爸、媽媽、哥哥、姊姊……你們願意原諒這樣的我嗎？）

被孤身遺留下來的她，暗自懷想好希望他們還活在世上的家人。

——雖然無法昂首挺胸，不過我會盡全力好好地活下去。

◇◇◇

放棄理想的那天，少女心想。

——自稱「愚人」好了。

自己的愚蠢一定不會改變，壞掉扭曲的心也不會好起來。既然如此，倒不如自稱從一開始就會被他人疏遠的名字還比較輕鬆，而且也不會讓自己傷心。

然後，如果有願意接納自己的人們出現了，就好好地珍惜他們吧。

因為那裡一定是重要的地方——是比任何地方都充滿光明的幸運所在。

那份報告書，在龍沖任務結束的兩個月後送達。

【芬德聯邦　２９７４地點無線電。代號「月見」報告。

「飛禽」溫德：死亡

「翔破」畢克斯：死亡

「浮雲」蘭：下落不明

「鼓翼」裘兒：死亡

「羽琴」法爾瑪：死亡

「凱風」庫諾：死亡

團隊「鳳」經判斷不可能繼續執行任務】

◇◇◇

那名女性在芬德聯邦的舞廳裡跳著倫巴。

配合慢節奏音樂優雅搖曳的禮服，令見者無不為之著迷。那座舞池裡有超過二十人在成雙成對地跳舞，然而舞池中最受注目的就屬她一人。她婀娜多姿地擺動脖子纖長、適合當舞者的肢體，渾身散發出奇妙的魅力。乍看之下，她好像將一切交由男舞伴去主導，但若仔細觀察便會發現完全相反，她其實正利用自己的魅力在操控舞伴。

「妳今天心情很好耶。」男舞伴這麼對她說。

「是啊。」她笑答。「因為發生了一件很棒的好事。」

「好事？」

「嗯。蜜把糾纏自己的蟲子趕走了。」

她一笑起來，那張臉蛋看起來就像是十幾歲的少女。

不，她或許真的還只是一名年輕少女吧。

——這個世界，有時會罕見地誕生出怪物。

就好比創造出克勞斯這名稀世間諜一般，這個地方還有另一人——

她嬌媚地揚起嘴角。

「我問你，你知道破壞組織最簡單的方法是什麼嗎？」

「……破壞？」男人反問。「這話可真嚇人啊。」

「給你一個提示。世界最優秀的間諜團隊也是因此毀滅的。」

「妳有時真的會說些讓人摸不著頭緒的話耶。」

「別放在心上。你不用試圖去窺探女人的內心。」

曲子結束。

那名女性離開男性，露出開朗的笑容。

「答案是同伴的背叛。傳說中的團隊和銳氣十足的新進團隊，都是因此消滅的。」

男人一副覺得奇怪地眨眨眼睛。

他並不知道這名偶爾會和自己跳社交舞的女性的真實身分。

她其實是加爾迦多帝國的間諜。

代號「翠蝶」——諜報機關「蛇」的一員。

於是，下一場間諜遊戲即將揭幕。

「鳳」的訃聞在不久後被送達迪恩共和國。展開行動的，是接手同胞失敗的任務：不可能任務專用的諜報機關「燈火」。

舞台是紅茶、王室與霧之國：芬德聯邦。

在那裡等待的是「蛇」的奇才——翠蝶。

她將布下圈套，為了殺死一再妨礙「蛇」的男人而費盡心機。就如同「火焰」因內部的背叛而滅亡，她打算讓「燈火」也毀於背叛。她遲早會將目標鎖定「燈火」的其中一名少女。

世界的齒輪一旦轉動，便誰也阻止不了。

「燈火」將挑戰史上最大的難題。

從八名少女中，找出中了「翠蝶」毒計的一人——找出背叛「燈火」的少女。

後記

the room is a specialized institution of mission impossible
code name gujin

這雖然不是應該出現在第五集後記的內容，但還是請各位讓我說說寫第四集時的事情。

編輯O氏是《間諜教室》的幕後推手，像是對獲獎作品進行大改稿、製作七名少女的PV等等，他以充滿熱情的行動力作為武器，對這部作品做出極大的貢獻。若是沒有他，恐怕就不會有今天的《間諜教室》吧。

但是，他身上卻背負著某項罪過。

「在官網上公開的少女，就讓愛爾娜以外的七人全上吧……（血淚）」↑第一集發售前。

沒錯，他獨自承擔了何時公開愛爾娜的這個問題。

當時，出版社為了獲得Fantasia大賞「大賞」這個頭銜的本作，祭出許多宣傳方案，但是卻因為不知道應該透露第一集的內容到何種程度，所以為了宣傳這件事非常地苦惱。結果，後來PV、第一集的刊頭插畫、官網上的介紹等等，全都只有公開愛爾娜以外的七人。

還記得當時，他曾經說過「愛爾娜的存在就等到第三集再公開吧」，可是——

「因為第一集的銷量還是很好，所以還是先不要公開吧……」↑第三集發售時。

於是，我們又被迫做出這個艱難又痛苦的決定。公開的時間又被延後了。

順帶一提，這段期間，就連周邊商品的壓克力立牌也都只有做七名少女的份。

後來，我們姑且決定第四集特裝版的小冊子要以愛爾娜為主角──

「我要調職了。」←第四集執筆時。

「！」

卻又突然發生O氏被調離《間諜教室》的意外。

我看這八成是那孩子的怨念吧！太可怕了！

（實際上，那只是例行性的人事異動，並不是被降職之類不好的事情。順帶一提，針對愛爾娜的遭遇，我的反應是笑著說「沒辦法，誰教她是愛爾娜呢！」。）

所以，這次是在新體制下誕生的間諜教室第五集。永別了，O氏。

承蒙插畫家トマリ老師再次畫了這麼漂亮的插圖，真的非常感謝您。我看到封面時，內心升起一股「終於輪到這孩子了！」的感動。另外，對於新上任的責任編輯、支持購買本作的讀者們，我也要向各位致上深深的感謝。

最後是下集預告。一如「NEXT MISSION」中提到的，「燈火」即將遇上難題。命運多舛的「她」的心情──我會非常用心地描寫的。那麼，大家再見。

竹町

身為VTuber的我因為忘記關台而成了傳說 1~2 待續

Kadokawa Fantastic Novels

作者：七斗七　插畫：塩かずのこ

危險的四期生來勢洶洶！
衝擊性十足的VTuber喜劇第二集！

因為開台意外而一舉成名的Live-ON三期生心音淡雪，終於有了自己的後輩！卻突然冒出向淡雪告白示愛的四期生！不僅如此，其他四期生也是渾身Live-ON風格的怪胎！到頭來，淡雪甚至被稱為「超（棒的）媽咪」？

各 **NT$200/HK$67**

國家圖書館出版品預行編目資料

間諜教室. 5,「愚人」愛爾娜/竹町作；曹茹蘋譯.
-- 初版. -- 臺北市：臺灣角川股份有限公司,
2022.09
面； 公分. -- (Kadokawa fantastic novels)
譯自：スパイ教室. 5,《愚人》のエルナ
ISBN 978-626-321-783-6(平裝)

861.57 111011181

Kadokawa
Fantastic
Novels

間諜教室 5
「愚人」愛爾娜

(原著名：スパイ教室 5《愚人》のエルナ)

2022年9月26日 初版第1刷發行
2023年6月30日 初版第3刷發行

作　者：竹町
插　畫：トマリ
譯　者：曹茹蘋

發 行 人：岩崎剛人
總 編 輯：蔡佩芬
副總編輯：朱哲成
美術設計：莊捷寧
印　務：李明修（主任）、張加恩（主任）、張凱棋

發 行 所：台灣角川股份有限公司
地　址：104台北市中山區松江路223號3樓
電　話：(02) 2515-3000
傳　真：(02) 2515-0033
網　址：www.kadokawa.com.tw
劃撥帳戶：台灣角川股份有限公司
劃撥帳號：19487412
法律顧問：有澤法律事務所
製　版：尚騰印刷事業有限公司
ISBN：978-626-321-783-6
